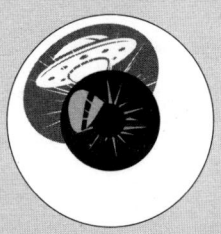

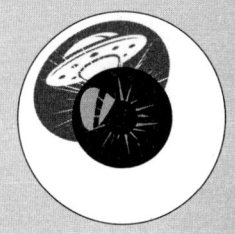

华语实力科幻作品
群星奖大满贯

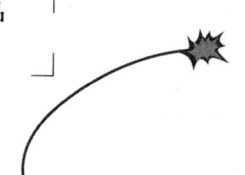

面包我的幸福

梁清散——著

民主与建设出版社
·北京·

© 民主与建设出版社,2022

图书在版编目(CIP)数据

面包我的幸福 / 梁清散著 . —北京:民主与建设出版社,2022.2

ISBN 978-7-5139-3770-2

Ⅰ. ①面… Ⅱ. ①梁… Ⅲ. ①长篇小说—中国—当代 Ⅳ. ① I247.5

中国版本图书馆 CIP 数据核字(2022)第 041455 号

面包我的幸福
MIANBAOWO DE XINGFU

著　　者	梁清散
责任编辑	廖晓莹
封面设计	宋双成
出版发行	民主与建设出版社有限责任公司
电　　话	(010)59417747　59419778
社　　址	北京市海淀区西三环中路 10 号望海楼 E 座 7 层
邮　　编	100142
印　　刷	三河市祥宏印务有限公司
版　　次	2022 年 2 月第 1 版
印　　次	2022 年 4 月第 1 次印刷
开　　本	880mm×1300mm　1/32
印　　张	6.5
字　　数	155 千字
书　　号	ISBN 978-7-5139-3770-2
定　　价	26.80 元

注:如有印、装质量问题,请与出版社联系。

《科幻文学群星榜》编委会

总策划：李继勇　北京书香文雅图书文化有限公司总经理
主　编：中国科普作家协会科幻专业委员会
总统筹：韩　松　静　芳

编委会：

王晋康／中国作家协会会员，科幻创作研究基地主任，中国科幻银河奖终身成就奖及全球华语科幻星云奖终身成就奖获得者。

王　瑶／笔名夏笳，西安交通大学副教授、中文系系主任，科幻作家和科幻研究学者。

任冬梅／中国社会科学院台湾研究所副研究员，科幻研究学者。

江　波／科幻作家，全球华语科幻星云奖、中国科幻银河奖、京东文学奖获得者。

杨　枫／成都八光分文化CEO，冷湖科幻文学奖发起人之一。

李　俊／笔名宝树，科幻作家，全球华语科幻星云奖、中国科幻银河奖获得者。

肖　汉／科幻评论者，北京师范大学文学院讲师。

吴　岩／中国科普作家协会副理事长，南方科技大学教授、博士生导师、科学与人类想象力研究中心主任。

陈楸帆／世界华人科幻协会会长，传茂文化创始人。

陈　玲／中国科普作家协会秘书长。

张　凡／钓鱼城科幻中心创始人，科幻研究学者。

张　峰／笔名三丰，科学与幻想成长基金首席研究员，科幻研究学者。

罗洪斌／中国科普作家协会会员，科幻活动家。

姜振宇／四川大学文学与新闻学院中国科幻研究院院务秘书长。

姚海军／科幻世界杂志社副总编，全球华语科幻星云奖联合创始人。

贾立元／笔名飞氘，科幻作家，清华大学文学博士、中文系副教授。

姬少亭／未来事务管理局CEO。

韩　松／中国作家协会会员，中国科普作家协会科幻专业委员会主任委员。

戴锦华／北京大学中文系比较文学研究所教授、博士生导师、电影与文化研究中心主任。

李继勇／北京书香文雅图书文化有限公司总经理。

静　芳／北京书香文雅图书文化有限公司总编辑。

总 序

想象新时代

"科幻文学群星榜"是由中国科普作家协会科幻专业委员会联合其他科幻组织共同推出的一套科幻书系。这是一个规模庞大的工程,目前来看,也是独一无二的工程,基本囊括了中华人民共和国成立以来老中青几代具有代表性的科幻作家的佳作。这些作家的年龄,最早的是20世纪20年代出生的,最晚的是"90后"。

科幻文学作为一种年轻的文学品类,本身就是现代化的产物。1818年,世界上第一部科幻小说《弗兰肯斯坦》诞生在第一个实现革命的国家——英国。然后,科幻文学在法国、美国、日本等工业化国家繁荣起来,进入蓬勃发展的黄金时代。科幻作品反映着科技时代人类社会的变迁和走向,反思当代人类面临的多重困境,力图打破所谓世界末日的预言,最终描绘出一个五彩斑斓、生机勃勃的新未来。

早在20世纪初,中国的一些有识之士便把科幻作品译介进来,掀起了第一次科幻热潮。它承载起"导中国人群以行进""改变中国人的梦"的使命。20世纪50年代至60年代,随着中国的工业和科技体系的建立,科幻作家们以满腔热情擘画了一个欣欣向荣的新世界。1978年改革开放后,中

国再次向现代化进军,科幻迎来新的勃兴。作家们满怀豪情地书写科学技术为实现现代化,为谋求人民的幸福生活所创造出的神奇美景。进入21世纪,随着新时代的来临,这个文学门类也进入成长的新阶段。随着《三体》等作品的问世,中国科幻迎来了新一轮热潮。作家们描绘着古老的中华民族在实现全面小康和建成现代化强国的过程中所面临的新机遇、新挑战,谱写着中国走向世界、步入太阳系舞台中央并参与宇宙演化的新篇章。

科幻文学的发展折射着中国国运的巨大变迁。当今,海内外不同领域的人们对中国的科幻文学的空前关注,实际上是关注中国的未来,关注世界第二大经济体将如何持续演进,关注14亿人的创造力将怎样影响这个星球。从现实意义上来说,这套书系不但包含这些丰富的信息,而且集中梳理了新中国科幻文学取得的辉煌成就,整理出新中国科幻文学发展的广阔脉络;而且从一个特殊的侧面,反映了中华民族从站起来、富起来到强起来的进程,见证着中国走向更加灿烂辉煌的未来。

这套书系具有以下三个特点。

一是权威性。它由中国科普作家协会科幻专业委员会主持编选,并与国内多个科幻文化组织合作,得到了包括中国科普作家协会科学文艺专业委员会、《科幻世界》杂志社、南方科技大学科学与人类想象力研究中心、未来事务管理局、八光分文化、重庆钓鱼城科幻中心等的鼎力相助。编者从中华人民共和国成立以来的海量科幻文学作品中,精选出足以体现时代特征的作品。收入书系的作者,涵盖了雨果奖、银河奖、星云奖、晨星奖、光年奖、未来科幻大师奖、引力奖、水滴奖、冷湖奖、原石奖、坐标奖、星空奖等中外各类科幻大奖的获得者。

二是系统性。它收集了中华人民共和国成立以来不同时期作家的代表作。作者中有新中国科幻奠基者和老一代作家，如郑文光、童恩正、萧建亨、刘兴诗、潘家铮、金涛、程嘉梓、张静等，也有改革开放后崛起的新生代作家，如刘慈欣、王晋康、何夕、韩松、星河、杨鹏、杨平、刘维佳、赵海虹、凌晨、潘海天、万象峰年等，以及以"80后"为主体的更新代作家，如陈楸帆、飞氘、江波、迟卉、宝树、张冉、程婧波、罗隆翔、七月、长铗、梁清散、拉拉、陈茜等，还有在21世纪崛起的全新代作家，如杨晚晴、刘洋、双翅目、石黑曜、王诺诺、孙望路、滕野、阿缺、顾适等，从而构成比较完整而连续的新中国科幻光谱，同时也是对中国科幻文学发展历史的一次系统检阅。

三是丰富性。它比较全面地展现了广域时空中新中国的科幻生态和创作风格。这里面既有科普型的，也有偏重文学意象的；既有以自然科学为主体的"硬"科幻，也有侧重社会现象的"软"科幻；既有代表科幻未来主义的，也有反映科幻现实主义的；既有传统风格的写法，也有实验性质的探索。作品的主题涵盖了中国科技、社会、文化和民生的热点。从中可以看到，一个曾经积弱的民族，如今正活跃在地球内外、大洋上下、宇宙太空、虚拟世界、纳米单元、时间航线、大脑意识等各个空间。这里有中国政府和人民引领抗击全球灾难的描述，有脱贫的中国农民以新姿态迈出太阳系的故事，也有星际飞船和机器人在银河系中奏唱国际歌的传奇。

这套书系力求构建起一个灿烂的星空，并以此映射人们敏感而多样的心灵。爱因斯坦说，想象力比知识更重要。科幻是相伴人类发展进步而产生的新兴事物，是一个民族想象力的集中反映，是科技创新的艺术表达，在人们面前呈现出一幅幅奔向明天、憧憬和创建未来的美好画卷。许许多多杰出的科学家、工程师和企业家在年轻时受科幻文学的熏陶和影响，因此走上了创造神奇新世界的道路。中国正在稳步建设创新型国家，需要更

多富有创造力的人才。科幻文学也肩负着实现中国梦的责任，在点燃青少年科学梦想、激发民族想象力和创造力方面，起着不可或缺的作用。

这套书系将为广大读者，尤其是年轻人打开中国科幻和未来世界的门户，有助于人们拓宽视野、开阔思想、激发灵感、探索未知、明达见识。它也将进一步促进中外科幻、科技、文化和文明的交流，为人类的共同发展做出中国的一份独特贡献。

中国科普作家协会科幻专业委员会

2020年10月1日

无聊才是人生最大的敌人

Q[①]：梁老师，请先说说你是从什么时候开始接触科幻的吧。

A：要说接触科幻，那可就早了。好像是小学的时候，每个科幻迷大概都是这时候开始的吧。不过，我小时候，呃……不暴露年龄了（并无所谓吧），读的基本上全是胡同口卖盗版漫画的板车和爷爷从图书馆借回来的书。家里，爷爷是武侠迷，爸爸却是科幻迷，所以，科幻小说那时候就看了不少，什么乱七八糟的奇怪的科幻小说都借回来过，可惜名字大多都不记得了，万一哪天再看到，多半还能想起来。至于漫画，我小时候刚好看科幻漫画比较多。我不喜欢《圣斗士》，因为画面太黑，盗版漫画印刷质量又差，每次看完都一手油墨，非常烦人，所以就专挑画面背景白一些的漫画看，如《七龙珠》之类，而背景干净的绝大多数都是科幻漫画。

貌似扯远了，再扯下去，年龄就暴露得更多了……

Q：梁老师，要创作出设定严谨、科学的晚清蒸汽朋克作品肯定需要大量的知识储备。能不能分享一下你的日常创作和生活呢？

A：日常的我是真的喜欢爬文献（打游戏之余）。爬文献看起来很学术很枯燥，但其实非常有意思。可以说，爬文献可以燃起一个人的八卦之

---

① Q：八光分文化；A：梁清散。

心。越爬,爬出来的八卦就越多。最近,我又爬出不少晚清科幻圈的恩怨八卦,有的特别让人啼笑皆非,以后有空全都写出来给大家分享。所以说,说是大量的知识储备,其实全有赖于好奇心和八卦罢了。(快停!)

Q:据说你现在已经在全职写作了。你是从什么时候开始全职写作的?是什么契机呢?这些年你一直处于全职写作的状态吗?全职写作给你带来的最大变化是什么?

A:这些都是令人为难的问题。我不敢说自己是全职写作,因为只靠写作赚的钱……真的很难维持在北京的日常生活。我只能说,实在不想去上班了,也就辞职回家而已。没工作,又没什么技能,只会写写小说,也就只好这样过下来了。

Q:梁老师,你一直是奇幻、科幻两栖作者,有《三季一生》《眼魔》《烤肉自助星》《邋噢噢》等代表作品。其实,光就科幻一类,小说的风格和题材都一直在变化。从《游日本记》到《扣带回素》,再到《济南的风筝》,你的小说经历了从日式科幻到晚清科幻的转变。是什么促使你的创作发生了变化?

A:或许这个问题刚好能和上面的问题结合了。生活里又没其他什么变化(哦,对了,游戏是真的一直在出新的,但总得工作啊),一成不变地写同一个风格,自己都会腻。无聊才是人生最大的敌人。因为怕无聊,于是找到机会就改变,能写出一篇和以前不一样的小说,我自己也会感到很开心。

Q:现在,你已经围绕晚清科幻创作了一部长篇和数篇短篇,如《新新日报馆:机械崛起》,接下来会继续耕耘晚清科幻吗?

A:嗯,会的。晚清这个时代,我确实比较熟。就像前面说的,我也希望能有更多改变,但什么都变,我驾驭不了,不如先把故事根基定好,把想玩的都玩够,玩熟,再看怎么换背景,玩出新花样。

Q：连续读了《人偶》《广寒生》《济南的风筝》几篇作品后，很好奇你是如何关注到晚清这个时代的，又是如何从中发现创作灵感的？

A：关注晚清的时间其实不算长，六七年前才开始的。当时去上（蹭）吴岩老师的科幻课，课余时常和吴岩老师聊晚清科幻。那时我对晚清科幻还知之甚少，听吴老师侃侃而谈，兴趣自然就萌生起来。一头扎进去，反倒越扎越有乐子。"乐不思蜀"简直就是在说我这样的人……

创作灵感这东西其实太玄乎了。我在爬文献的时候，突然忍不住大笑，之后就想，不妨我来写个关于这事的科幻小说吧！随即，也就出来了。不过，真写出来就会发现，这和一开始看到的早就差之千里，甚至毫不相干了。这本身或许也是一种乐趣。

Q：你已经研究晚清很长时间了，请问你对晚清的研究主要集中在哪些方面？能分享一下你眼中的晚清图景和成果吗？

A：因为我不是做科研的，所以没有什么特别的方面，只算是一个晚清文献爱（收）好（集）者（癖），顺手写了一些关于晚清人和我们现代人没什么不同，也很会玩的介绍文章。不过，关于吴趼人的《新石头记》连载情况，因为刚好在爬文献的时候发现了点儿新东西，倒是写了篇论文，发在了樽本照雄先生的一本关于清末的小说上。算是除了在吴岩老师的书后面附上的那个中国早期科幻小说书目之外，对晚清科幻研究做的一点儿微小的贡献。而图景之类……我这算是以管窥豹就不错了。兴趣使然，图个自娱自乐。

Q：说到突破边界，你之前已经创作了许多实验性极强的作品，如《游日本记》《扣带回素》《不安的都市·秋叶》。这些作品大多采用第一人称，行文阴郁，有极强的残酷和悲剧色彩。为什么偏爱创作这种风格的作品呢？

A：真不是偏爱这种风格。偏要说，大概就是那些题材适合那些风格。

我的《新新日报馆》《文学少女侦探》一点儿都不阴郁。

Q：除了晚清题材的科幻，从你之前的作品中可以看出你对日本文学同样热爱。能谈谈日本文学对你的影响吗？哪位日本作家对你影响最大呢？

A：日本文学确实对我有不小的影响。大正昭和时期的作家，我都挺喜欢。要说特别，也许是谷崎润一郎？或许吧。我早就过了看到谁的小说就惊呼神作膜拜不已的年龄。没了狂热，大概多数时候是看他们的优点。大师们有的优点能学，有的优点学不来，至于学不学得好，那就随缘了。另外，漫画当然也有影响。我一直有个理想，就是能让中国的晚清和日本的幕府一样让大众喜闻乐见。这个难度非常大，一两个人的力量绝不可能完成，所以希望有更多作家一起来写晚清这个时代。好像说跑题了，就此打住。不过，说到日本作家，又想到一位对晚清的中国科幻作家影响很大的日本作家，押川春浪。他专写战争小说，各种高科技，还有古代穿越过来的英雄，就算现在看，也非常带劲。去年我还专门去看了押川春浪的墓，在日本还有不少人记得他，不算凄凉。

Q：通过你的微博和豆瓣可以看出，你现在经常玩游戏，而且越来越资深了。很好奇你怎么看待游戏和科幻的关系？你认为游戏对创作本身有什么正向的影响吗？

A：我是真心认为游戏就是第九种艺术，是一个应该完全独立出来的新艺术门类。科幻游戏非常多，但是就像科幻电影和科幻小说其实不能直接相通一样，游戏同样不能互通。只要用其他门类的方式来创作，结果必然是失败的，无一例外。

不过打游戏对创作的帮助还是比较大的！当我打游戏打到半夜12点，充满负罪感时，就会开始写作。所以你看，打游戏对我来说还是挺重要的。

烤肉自助星 / 001

面包我的幸福 / 015

一碗清汤白日梦 / 035

短刀、水银、东湖镇 / 051

新新日报馆·人偶 / 111

萩间木银元 / 127

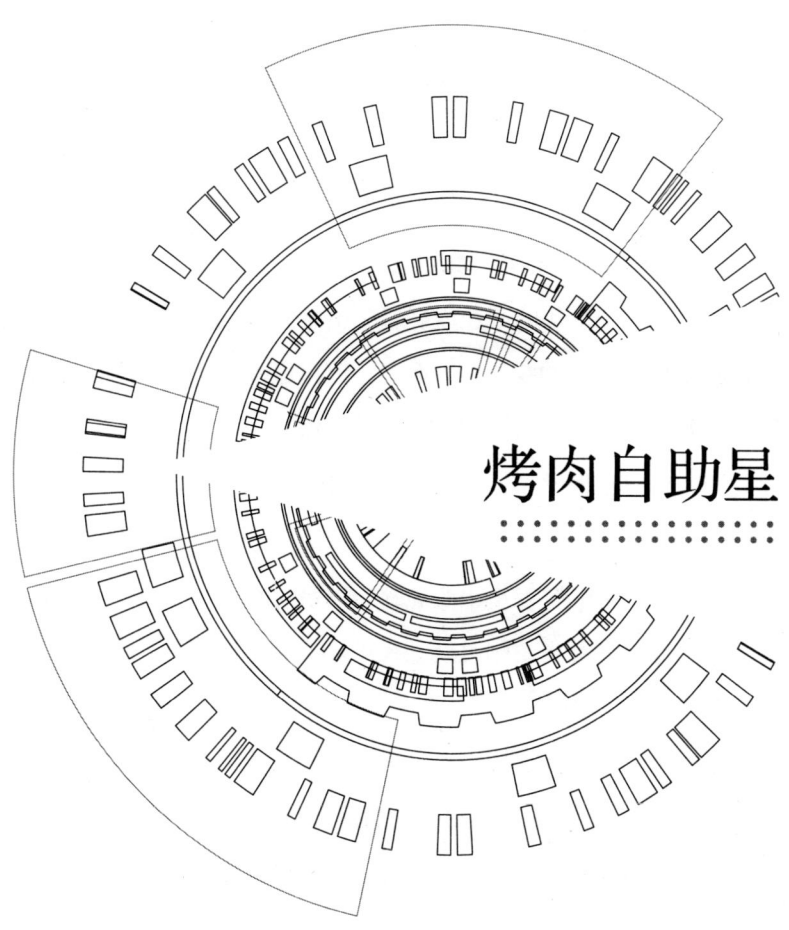

烤肉自助星

　　什么呀？张小白被一阵烧心的饥饿感击醒。猛地睁开眼，却看到一块貌似非洲大陆的钢板用"好望角"插在自己的胸口上，顿时又昏了过去。

　　张小白好歹也算个多年的跃迁爱好者。虽然他只不过是混了几个跃迁论坛，订了几本价格不菲的跃迁杂志而已。但在那些对跃迁是什么都不懂的同事面前，多少也能摆出一副跃迁专家的架势。

　　只是这回，他终于攒够了钱，请好了假——多年来，终于有机会玩一次跃迁——却糗大发了。

　　飞船是废了，降落的时候不小心撞到一块该死的岩石上面，然后顺着山体滚了下去。幸好在准备着陆时就已经穿好了宇航服，不然他现在就不是躺在这里晕着这么"幸福"了。

　　要问为什么他偏偏选择这样一个星球降落，估计张小白自己也根本说不出来。当他飞出地球轨道，开启飞船的跃迁功能的那一时刻，飞船一抖，他眼前一花，一切就都不受他的控制了。什么方位啦，坐标啦，统统在张小白的面前乱了套。

　　在论坛上，跃迁老手都会说，一旦在玩跃迁时发现自己迷失方向，必须就近找到一颗行星降落，然后发送求救信号，只有这样，搜救队才能准确地找到求救者。而后，刚刚出发的张小白就决定降落了。

张小白再次睁开眼,看了看天,阴红色的,令人联想到烧红的木炭。

"该死!"

张小白一把将胸前插着的"非洲大陆"扔到一边,坐起来检查了片刻,自己果真毫发无伤,这也算是让他长舒了口气。多亏了这款现今最为先进可靠的宇航服。它堪称太空防弹衣,看来不假,他默默念叨着。

宇航服的自动环境检测结束,打在面罩上的检测报告表明,这个星球的大气压强极低,而且稀薄的大气中占90%的是CO_2;另外,星球的表面温度高达800℃。"不能生存"四个红字结实地打在最终结果栏上。幸好宇航服有非常牢靠的防热涂层,张小白不禁暗自庆幸了一下。

随后,宇航服开始自检。

一切正常。现有氧气可以维持使用者整整一个月的呼吸。可以说"超大双缸储氧舱"是这家伙的另一大骄傲。先进的自动加压系统,能将储氧舱里最后一丝氧气压到宇航服内,绝不浪费一丁点儿宝贵的生存时间。真正有效地保证使用者生命安全,是这款宇航服的最大承诺。

但是,即便如此牢靠,也仍有一点难以解决,那就是现在的使用者已经饿得胃里泛酸。如果照这样下去,一个月的氧气也只能供给一具被胃酸腐蚀殆尽的尸体了,张小白思索着。

自检完成之后,张小白慢慢站了起来,看了看坠毁的飞船。它就像个爆炸了的微波炉一样难看,黑乎乎的全是焦痕,甚至还有各种被烤煳的肉汁样的斑驳痕迹。怎么看都令人生厌。

幸好飞船在坠毁的时候会自动发出求救信号,只是现在不知道搜救队能否查到这里。听天由命吧,最好能在饿死之前被找到。张小白无奈地踢了一脚眼前的一块钢板。

什么东西？那堆废铁底下，密密麻麻地爬着，一片一片的……不大的……五花肉！红白相间、弯曲曲、皱巴巴、烤得火候恰到好处的一条条怎么看都像是手工切成的薄而韧的五花肉片，卷在一起在他面前蠕动。

"哈！"张小白想大笑，但又笑不出来。

拖着笨重的宇航服，他向前凑近了一步。可是那群五花肉片，却一窝蜂地跑掉了。张小白抽搐了一下，就好像掀开一块青石板，看见下面全是潮虫一样——毫无秩序地一窝蜂地逃，有些甚至爬到了他还拿着青石板的手上。

张小白忽然又觉得一阵眩晕，坐到地上，摸索着宇航服的求救信号发射器，按了下去。"嘟嘟嘟"的响声瞬间充斥了他的世界。当然，谁都知道，宇航服的求救信号发射器的功率是不可能连接到搜救站的。

胃里越来越难受了。不知是因为饿还是其他什么原因。

一头猪大摇大摆地从他面前走过，准确地说是一头色泽红润、光滑如镜的烤乳猪。烤乳猪向他这边看了一眼，忽而愣住了，像是看到了什么奇怪的东西一样，抬着一只焦红色的前蹄，注目许久也没有动。张小白也紧紧盯着它。烤乳猪一双红得像塑料制品的眼睛，似乎在此时也放出了光。

当这头烤乳猪站在面前一动不动时，张小白忽然觉察到自己像是被迷惑了，忘了现在的处境。他马上甩了甩脑袋，想让自己清醒过来。可他这么一动，那头本来已经定住不动的烤乳猪，突然猛蹬后腿，一溜烟跑掉了。

一阵肉香似乎随之飘了过来，张小白脑中几乎空白得难以思考，只觉得胃在跟随着烤乳猪的背影一下一下地叫得他发慌。

怎么可能？这玩意儿……张小白又想起了刚才那一堆四处蠕动的被自

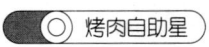

己形容成一窝潮虫的五花肉片。

宇航服的求救信号依旧"嘟嘟嘟"地在他耳边叫个不停,吵得他更加心烦。他没好气地将它关掉。这到底是个什么倒霉星球?还有一大堆奇奇怪怪的专门刺激人的倒霉生物。它们实在长得太好吃了,宇航服难道还有洞察使用者心理的功能?各种烤肉的香气都能闻得到。

张小白重新站了起来。一不做二不休,既然都已经这样了,干吗偏要让自己坐在这里等死。等死?谁说要死了?搜救队很快就能找到这里……或许吧……

好歹自己也是个跃迁攻略专家吧。就算这是第一次玩跃迁,难道以前看过那么多攻略都白看了?可是张小白死活也想不出一条与这个星球有关的攻略。难不成自己发现了"新大陆"?想到这里,张小白更是兴奋不已。这么高级的一个星球,等自己回去以后一定要写一篇详细的攻略。而后,攻略帖子估计在各大论坛都能上首页。新发现嘛,总该有这样的待遇。从此自己就真的可以被称为跃迁界的新锐了……越来越饿,还是先想办法活着等到搜救队再说吧。

张小白想着想着可能又兴奋了,脚步也比之前矫健许多,当然,很难说他到底是为了哪个。

虽然不能像刚才那头烤乳猪一样从岩石缝间钻过去,但翻过面前的岩石堆也并不困难,在拥有各种攀岩工具的宇航服的帮助下,张小白站到了岩石上面。

什么叫作井底之蛙?感到压抑是因为没有看到大海。岩石堆的那边,是汪洋的暗黑色的海洋,和地球一样,有延绵的海岸线,也有翻腾的海浪。只不过这海看起来更黏稠一些,上面还漂着一圈一圈亮晶晶的浮油。

竟然还有绿色的植物。不过不是长在地上，而是被海浪冲刷着如鱼鳞般地排在海滩上。

张小白从岩石上跳了下来，不出所料，引起一片骚动。从他脚下开始，密集的各种肉片都拼命地跑。准确地说，不仅是肉片，还有牛小排、鸡翅、烤鱼、里脊……大小不一，互相踩踏。整个海滩都像是活了一般动了起来，击起的浪瞬间以张小白为中心涌起。

一屁股坐到原地，张小白抬脚看看，果真脚下踩到了东西。除了两片这个海滩上最多的物种——五花肉片——以外，竟然还有一块吱吱冒油的巴掌大小的大腰子。大腰子显然已经被踩死，而另外两片五花肉却在张小白的手里不停地拱着，挣扎着要逃脱。张小白生怕到嘴的肉又跑掉，不管三七二十一，把两片肉全扯成了两半。

肉，终于都在他手里老实了。

舌根底下抑制不住的一股液体涌出，胃透过嗓子玩命地叫唤。跟夏天路边的野狗一个样，张小白拎起半片五花肉，在眼前晃了晃，这么想着。肥油滴到宇航服上，宇航服殷勤地自动为他检测了成分。检测报告不到五秒钟就打到了面罩上，什么蛋白质、氨基酸，张小白既看不出真正门道也懒得看。他直接翻到最后一页，鉴定结果赫然写着"可食用"三个字。

盯着手里的这几片被鉴定为"可食用"的肉，不夸张地说，张小白的口水决堤一般顺着嘴角淌出。他下意识地去擦嘴角，却在"嘣"的一声后，愣住了。他的口水，记事以来第一次在清醒的状态下毫无阻拦地顺着腮帮子沿着脖子一直流了下去，而手生生地被宇航服拦在了"外面"。

不知是哪来的力气，张小白狠狠地干笑了一声。随后，用一双已经沾满油的手在身上拼命地摸索。一件表层仿针织衫面料有着逼真纹理的暗灰色宇航服，转眼间就全是洗不掉的泛着彩色光斑的油渍了。即便如此，这件先进的宇航服也不会凭空多出"内外物品交换通道"的设计了。没有单向阀门口，也没有哪怕一个小洞、小孔，什么都没有。

"连山寨宇航服都有联通设计！"张小白骂道，但心里却想起当初见到这样的广告或者报道后，自己还大肆嘲笑了一番。在同事们的面前，他永远要保持那副专家指点江山的样子。山寨货嘛，原本就是生产出来供人嘲笑的，他那时的确这么想。

手里仍旧攥着刚才的几片肉还有那块烤腰子，张小白却不知道该怎么办，想扔又下不了手。胃跟着绞痛起来，有一种过于活跃后抽筋的感觉。

宇航服忽然又殷勤地放出一份鉴定报告："烤五花肉，最具代表性的韩国菜之一，同时也是最合中国人口味的韩国菜。由于肉料肥多瘦少，较之牛羊肉更为耐烤，假若能自主翻烤，过程中肉的滋滋响声，更使其平添几分诱人之味。……烤肉酱汁，正前方75米处即可取得。肉已熟透，口感最佳，建议立即食用。"

张小白抬头看了看前方，烤肉酱汁？不就是面前那片海吗？

"去你的！"他只骂了这么一句，差点儿把头盔扯下来。要知道，在这样的环境下，扯下头盔的后果就是使自己同样变成外焦里嫩的烤全人。

又敲了敲自己的面罩，无懈可击。这玩意儿严丝合缝得令人绝望。科幻电影里都屡次拍过像肥皂泡一样的宇航服了，外界可以随意介入，反正表面张力可以防止一切泄露。现实难道就不能再科幻一点儿吗？

海滩上一片空旷，露出的灰白色的沙像烧尽的木炭，往里翻翻说不定还能看到些忽明忽暗的火光。宇航服虽然隔热，但坐在"炭灰"上，张小白还是觉得从屁股底下往上冒着燥热。略微静下来的张小白，隔着面罩，

满是油渍、泛着彩色光斑的面罩,望着面前正在涨潮的海,不对,准确地说是正在涨潮的烤肉酱汁。那么海滩上的绿色植物难不成就是酱汁里的葱花和香菜?张小白懒得再去想这些。眼前没有了那几片肉以后,胃里、嘴里似乎都好受了些。

黑乎乎的海边没有一只海鸟,张小白这样想着。本是为了分散自己的注意力,可是立刻又想到,如果有鸟的话又是什么样呢?难不成是烧鹅?烧鹅可不能用这种韩式烤肉汁,要蘸着甜酱吃。甜酱其实叫"潮油甜酱",用猪油炒一点儿豆酱,放点儿甘草、八角,放点儿白糖,然后一勺芡就成了。

张小白又一次情不自禁地想去抹自己的嘴角……

海边怎么可能有鹅?!他忽而努力地让自己这么想,却又想起了刚才的那头烤乳猪。海边都能有猪怎么就不能有鹅?更何况,面前的海就一定是地球意义上的海吗?

一声警报响起后,面罩又打上了一排字:您的血糖已低于临界点(实时监测结果:3.8mmol/L),请及时摄取食物。

你也得让我摄取呀!张小白啐了口吐沫刚想骂,发现自己的确有强烈的眩晕感了。

或许是因为静了许久,一队身形长方、薄厚适中、嫩红多汁的烤肉试探着爬向张小白身边的空地。而随其后,那些刚刚逃走的烤肉也都开始渐渐往回爬来。

那队烤肉已然无视张小白的存在,大摇大摆地从他面前爬过。也正是走近了,张小白才将这队肉看个清楚。从外观、纹理和颜色来看,估计是羊上脑肉片。肉片大小完全一致,就像用尺子量出来的一样。不过其他方面还是有所不同的。打头阵的几片色泽红润，背部的葱丝也已烤软，特别是最前头的两片还点缀着几段硬挺挺的香菜。而队伍后排的，有的已煳，有的还生，并且爬行的动作也不甚流畅。难不成火候是这个星球上的老幼之分？看起来我还属于新生儿了，张小白无力地自嘲着。

血糖值就像格斗游戏中的生命值一样，悬挂在张小白视线的右上角，一闪一闪的，看上去就不稳定，总觉得它一直准备着继续往下降。

海滩上，尽是裹着白芝麻的烤羊排、伴着洋葱的炒烤肉、整条的去骨烤鳗鱼。它们全都卷成一团一团的，在他面前滚来滚去。

大活人还能眼睁睁地被饿死？特别是看着肉就在眼前爬的时候。

想到这，他瞬间瞪圆了眼睛，向前面扑去。虽然整个过程看起来更像是中暑晕倒，毫无攻击力，但肉们见势不妙仍是一窝苍蝇一样，轰的一下蹿没了。

慢慢爬起的张小白感觉自己还是抓到了什么，看了看手里。

怎么还是几片五花肉？当然，都这时候了还能顾得了这些？或许是因为太饿了，看着手里的几片肉，又因氧气瓶的出风口"嘶嘶"地从头顶对着自己的后脖颈子吹。

这么一吹，张小白出了一身鸡皮疙瘩。

仍旧无济于事。决不能打开面罩，也决不能打开宇航服的任何一个接口，宇航服外面可以说就是一片火海，虽然看不到火光。或者，应该用高档的电烤炉来形容会更恰当一点儿。周围没有烟也没有烧红的电炉丝，悄无声息中，肉就熟了，透了，烤好了。

张小白死死地盯着手中的几片死气沉沉的五花肉，就隔了这么一层宇航服而已。

口水又一次抑制不住地带着酸苦的味道从舌根下面涌出,但好似这样也会耗费极大的体力,一阵心慌接踵而来。连流口水的体力都没有了吗?人在被饿死之前难道都要经历这样的过程?不可能,有谁是因为眼睁睁看着肉在眼前,被勾得直流口水而耗尽体力身亡的呢?

玩跃迁的遇难者多数都是由于氧气不足而被憋死,然而,我却是被饿死,不对,是被活活馋死。这也太……张小白打了个冷战。氧气不足?氧气?他忽然又有了精神,一只手立刻向后背伸去。

照常理来说,身穿宇航服的人是很难够到后背的,但背在身后的一个储氧舱却被张小白三下五除二就卸了下来,不知道这是因为对宇航服太熟悉还是自己早已心急如焚了。

他又看了看手中的肉,微微笑了一下,将储氧舱的放气阀门打开了。

这是张小白情急之下不知怎么才想到的。这件宇航服除了与储氧舱连接处有单向阀门以外,的确都是全密封的。当然,这个阀门也必须通过储氧舱的特殊接口才能打开,卸下储氧舱之后是绝对打不开的。但这好歹是宇航服内外通连的最后希望。

隔着宇航服自然听不到外面的声音,但张小白看着拧开放气阀门的储氧舱,怎么也能幻想出那种没有起伏快慢的嘶嘶声。压力表的数字也在降低,这恐怕是唯一能证明它在放气的东西。

压力表下降得太平稳了,看得张小白简直就像开着电瓶车上高速路一样抓狂。

储氧舱还在放气。这个过程中,再没有肉往张小白的附近来过,都离得远远的。因为这附近氧气含量太高了吗?它们从来没有遇见过这样的气体。幸好这里的大气90%是CO_2,加入这么多氧气爆炸不了吧?管它呢,反

正这身宇航服就这么点儿长处——防爆。

面罩右上角的数值闪了闪，又降低了0.1。储氧舱的报警灯亮了，随后振动起来，似乎很吃力的样子，就像个濒危的哮喘病人在床上挣扎。又过了不知多久，终于气压表走到了终点。

视线已经有些重影的张小白，舔了一下干裂的嘴唇，抑制着胃里一波又一波的酸水，将手里的五花肉塞到了储氧舱的放气阀中立即拧上。而后气压表抖动起来，再没有刚才那样慢条斯理、不紧不慢的范儿了。张小白举起储氧舱，一背手就装上了，好像早就演练过多次一样。

在储氧舱插上的那一瞬间，不和谐的吃力的机械声从头顶的出气口传来，而后一股香美的真正的绝不是幻想中的烤肉味涌了进来。张小白深深地吸了口气，醉氧一样昏了过去。

储氧舱拥有自动加压系统，无论里面有什么，都能压进宇航服。张小白觉得自己实在是太聪明了，拿出双缸储氧舱的一个舱做与外界连通的连通器，这样的馊招都能想得出来。可又过了一会儿，仍旧只是听见绞肉机一样的储氧舱在吃力地呻吟着。

不会坏了吧？味道倒是越来越香。

张小白很想抬头看看，但那个出风口无论怎样都会躲开他的目光，永远在他头顶正上方怪叫。

声音越来越近，张小白听着忽然有些紧张，甚至脸也开始扭曲，感觉凉风在吹自己的脖子，手也帮不上忙，就像要被袭击了似的，被风吹的部位就像小猫的后背被微微碰一样，不自主地一抽一抽。

越是这样等就越是煎熬。突然，头顶上"啪"的一声，爆破了。张小白也跟着全身一抖。

感觉头上有一柱半液体状的东西直射下来。随后是一阵剧痛，在左肩和脖子之间。张小白尖叫起来，条件反射似的拼命地拍打自己的肩膀。当然，手在外面，隔着宇航服，什么都做不了。

张小白嗓子叫哑了，打滚也没力气了，终于冷静下来，打开宇航服早已做好的"使用者身体状况报告"。结果简单明了，是局部烫伤。顺着脖子到后背一片火辣辣的疼，疼得张小白的脖子僵住，几乎不能动了。

外面温度是800℃，一片刚"烤熟"的肉，即便在搅成肉酱的过程中有所降温，温度也不会很低。就这样一股脑地洒到了自己的脖子上，不烫伤才怪呢。张小白刚想无奈地摇摇头，却被伤口的刺痛给制止了，咧着嘴也无济于事。

就为了吃上一口肉，付出的未免太多了吧！张小白吃力地坐了起来，周遭依旧是浓郁的烤肉香气，虽然有一点儿呛鼻，但总是诱人的。好在肉已经从外面进来了，先不管什么样子、形象、口感，至少先来上一口。他摸了摸左胯骨上面一点儿的地方，那里堆积着最多的肉酱，疼得厉害。

张小白摸了又摸，还小心翼翼地想让肉往上挪动一点儿。可是，手在外面根本办不到，宇航服又太厚，再加上伤口的剧痛，肉堆在那里，半天纹丝不动……嘴又不长在肚子边上，即便是肚子饿了，这肉也得先从嘴进去不是？

肉都掉到里面来了怎么还是吃不着？而且能真真切切地闻到烤肉的气味，岂不更加受罪？这都是怎么想出来如此折磨我的？要不是烫伤的伤口剧痛以及低血糖造成了严重的头晕，张小白绝对要因此大笑不止了。

肉都弄到里面来，还能吃不上了？张小白咬紧牙，把手从宇航服的袖子里脱了出来。袖子并不宽松，而且没有弹性，再加上大片烫伤正好在用

力的部位，面罩上迅速起了一层雾气，烤肉味中都掺杂着自己的汗味了。

原来烤五花肉搅成酱这么难吃……张小白默默发誓，再也不吃任何烤肉了。

看着右上角的数值一点儿一点儿地往上升，直到最终消失。张小白避着左边的烫伤，乏力地倒了下去。终于熬过了一关。然而当想到过不了一天估计自己还要再这样吃一次肉，不，或许还有第二次、第三次……张小白的汗毛全都炸了起来。

他只有企盼着有人快来救他走了。

一道光从张小白不能扭头朝向的方向闪过。张小白只好吃力地将整个身子转了个角度。那道光是……一架飞船。

张小白立刻激动得跳了起来。飞船已经缓缓地进入了大气层，向他不远处的地方降落。张小白见其降落，断定是搜救队找到了自己，马上重新打开宇航服上的求救信号。信号"嘟嘟嘟"地在他耳边响起，简直就像个小号在吹一首欢快的舞曲。

我要把这些奇遇全写到博客上去。这么神奇的星球，有谁来过？有谁经历过死亡一般的煎熬？张小白一边想着一边给刚降落的飞船定位。飞船降落的地点距离这个海滩相当近，张小白终于满怀信心了。

海滩上还是那些烤肉，五花肉、牛排、羊腿、烤鸭等。它们似乎都不怕张小白了，簇拥在他身边，团团转，跳着舞，有蠕动的，有打滚的，有相依而行的，就连海浪的翻腾都似乎带上了几分节拍。

就是缺少点儿飞鸟，多美好的星球。再见了，我还会再回来的，不过那时就不会是我孤身一人了，我要带着我的那些追随者一起到这里来探险。

正在此时,刚才那艘飞船在张小白面前的岩石背面缓缓地起飞了。

张小白再次尖叫起来。他顾不得什么烫伤,三两步就冲到了岩石边,见有一道缝刚好可以通过一个人,便侧身挤了过去。

岩石那边,是一片平原。飞船早已在平原上空盘旋。

这不可能!怎么可能!张小白把求救信号调到最大功率,拼命地向最后的希望挥手,但飞船"嗖"的一下,飞走了。

张小白不能理解到底在这几分钟之内发生了什么,歇斯底里地摔倒在地,不过他隐约看到远处有一排建筑物。

他有气无力地爬了起来,步履蹒跚地往建筑物走去。

这里怎么还有人为的建筑物?

建筑物有窗,趴到窗前往里一看,张小白惊呆了。建筑物里面是个餐厅,而且相当火爆的样子,有扇着扇子的,有喝着冰啤的……向右看,一个服务员打扮的人,正在跟食客说话,点了点头后就跑到建筑物的门边,穿上一身隔热宇航服,拿起个网子,走进建筑物的减压舱,而后从张小白身边的门走了出来。

透过面罩,张小白看见他向自己点了点头,微微一笑便往海滩方向走去。

张小白赶紧退后几步仰头看去。建筑物的大门上面悬挂着一个匾额,上面写着一串字——"自助烤肉星星级餐厅第四分店"。

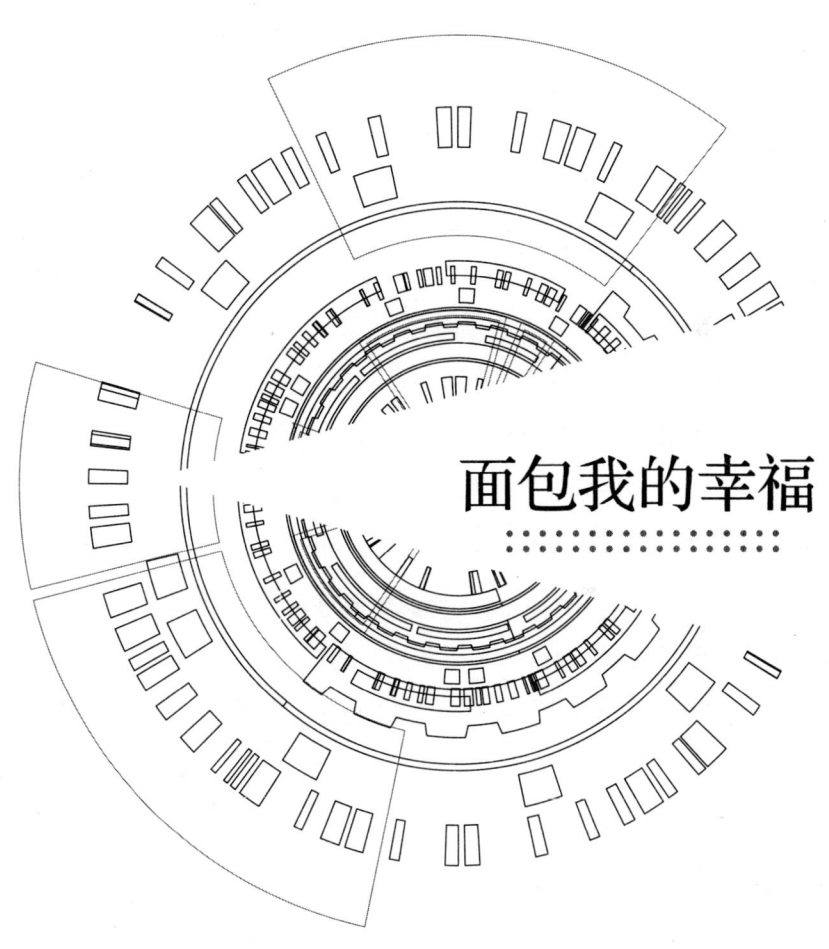

面包我的幸福

　　人生的幸福应该怎样定义？恐怕根本无法统一。对我来说，已经有很多件事让自己感到幸福了。那么，都是怎样的事呢？似乎又非常不好意思说出口，但其实也并非什么大不了的。比如说，我给自己买了一台全自动智能烤面包机，算是心血来潮，抑或算是自己给自己买的新年礼物。在这么一个竞争激烈的社会中生存，总要对自己好一点儿，不是吗？但实际上，面包机买回来以后也没觉得有多幸福，还不及我养的那只笨猫这个月一次都没有掉到马桶里面带给我的幸福感高。所以，直至现在，真正令我觉得幸福的事，只有一个，那就是——我被调到了另外的项目组。

　　或许会很奇怪吧，被调职有什么好高兴的？如果说仅仅只是调职，的确根本不值得开心、高兴，甚至应该觉得沮丧、伤心才对。因为原本的工作全都要被迫中断，也就是说我所做的那些努力，其成果都会因为老板的一个决定而拱手让给别人。

　　不甘心，就是不幸福。

　　但是我却是心甘情愿的。工作付之东流也好，必须从头熟悉新环境也好，甚至会遭到新项目组的老员工们的排挤也好，我都不在乎。因为在那个项目组里，有我注意了许久而且慢慢喜欢上的女孩！所以说，那些问题不算什么，一切都阻挡不了真正的幸福向我扑面而来。

就是这样了，幸福来得太突然，使我措手不及，都不知道该从哪里开始享用。已经如此接近，这是天赐良缘，而且我又是公司的骨干，表现的时刻到了。不过，追女孩嘛，绝不能猴急，要"文火慢炖"，不然一上来就发起猛攻，女孩必会被吓到！初战告负，那可就完全没有挽回的机会了。

所以，我一定要沉得住气。

沉着冷静的我，终于在调入新项目组两个星期之后，对那个女孩说出了第一句话："你、你好……"

太棒了！难道不是吗？或许只是通过文字很难体会到当时的情境。我所说的那句话，绝非简简单单只是那么一句话，更主要的是我运用了人类最伟大的、传递信息量最大化的交流方式：表情。

已经很难形容当时我是用怎样一种复杂而又充满信息量的表情与她对话的，但我敢肯定的是她完全理解和体会到了。虽然她并没有回我任何的语言，甚至连表情都没有做出便扭头走开，但我依然从她的眼神中捕捉到了很多很多信息，那种其实她也早已注意到我并且对我有好感的最珍贵的信息。

在这种幸福且兴奋的情绪下，我依然可以泰然自若地完成这一天的工作，总觉得自己的才能也更上一层楼了。

满足、满意，却也抵挡不了下班以后暂且看不到她的空虚。

这个时候，另一样东西让我想起了它的存在，那是给自己买的新年礼物：面包机。

在回到家后的空虚中，我忽然就对一切，无论是什么，都渴望得难以自已。面包机这个意象从我脑中一闪而过后，我便像上了发条一般不停歇。先是翻找出了丢弃在废纸箱中的面包机说明书；随后根据说明书上的食谱跑到了超市，买回了所需的最基本的食材；而后，把这些食材都扔进面包机里试上一试，看看到底能出来什么东西再说吧。

就在我把所有食材都倒进面包机里后，忽然听到从厕所方向传来"嗵"的一声。

啊！肯定是那只笨猫，又忍不住去抓马桶水箱上摆放的手纸而掉到了马桶里面……

随着一声只有猫才能发出的求救声从厕所传来，我似乎是按了一下什么按键后才跑去救这家伙。

总觉得什么地方不大对劲。

我把右手的食指按在打卡器上的同时，这种感觉油然而生。

首先不对劲的是，打卡器对我的食指不理不睬。更要命的是，打卡器上面那个表盘时钟，还在我急得手心出汗、原地转圈、不知所措的时候，随意地发出嘲讽般的"咔嗒咔嗒"声，以提醒我迟到的闸门就要开启了！

怎么搞的？我看着自己的食指，想知道是不是自己的指纹出现了什么问题。

这个时候，一直让我隐隐感到不大对劲的另一件事，逐渐浮现出来，终于被我发现。

我是凭着直觉，在和打卡器做最后的抗争的时候，不留神向办公室里面瞥了一眼。而后，我看到那个我心爱的女孩，正站在两排办公桌之间的夹道，和什么人谈得起劲。她频繁地扭动着身体，捋着头发，偶尔小腿还会不自觉地跷起来，明显是聊得相当开心和投入。这……太不正常了！从注意到她，到我被调职到这个项目组与她共事，近三个月，我还从来没有见她在办公室里如此放松欢快地和谁聊过天。可能是因为入职时间不长，她给我的印象一直是对谁都客客气气，在礼貌中透着拘谨，怎么会忽然这么放得开，聊得忘我了呢？

如同被施了催眠的病患一样，一瞬间，我完全不再去在意什么打卡器的问题，而是在半无意识的状态下，朝办公室里面走去。

我倒要看看，那个能和她聊得如此火热的人是谁……

走到办公室门口，我并没有直接探头往里看，而是先观察周围的同事，似乎都一如既往，没有看出现场有多么不可思议。那么这个和她聊天的人必然是办公室里的哪个同事了。首先我怀疑的自然是我们的直属上司，这个项目组的组长。不可能，在我没被调到这里来之前，就已经发现那个老家伙骚扰过她，而她从没有给组长好脸色看，怎么可能突然间又能

这么聊得来？其他的同事，也不可能，以我对她的观察，她从来没有和任何一个同事如此聊得来。

那么……到底是谁？

我终于忍不住探头去看个究竟。的确是个男人，从鞋到裤子到衬衫到发型……这个男人……这个男人……是我！是我自己！怎么回事？

刚才还暗暗地猜疑和生气的我，突然脚下一软，扶着墙差点儿坐到地上。

什么……等等，让我缓缓……

我扶着墙猛喘了好几口气，又闭上眼睛让自己冷静下来。冷静，冷静。那是不可能的，那个人要是我，那么我又是谁？既然我还可以思考，还能摸到墙，那就说明我还是我，我还存在，也就是说那个人必然不可能是我，而只有我才是我。

没错了，逻辑上太正确了。那我还怕什么？

好，睁眼！

哈？！

我再次只能依靠着墙的支撑才没摔倒。那个人，和我心爱的女孩在一起谈笑风生的那个人，无论是从穿着打扮、言谈举止，还是说话的表情，甚至说到兴奋时喜欢用右脚脚尖敲一敲地面这样的小动作都和我完全一致。

那人不是我，还能是谁！

可是既然他是我，那我又是谁？我……又是谁……

四

我才不会这么容易就被打败。奇怪的事情见得多了，去超市买东西，排队结账的时候总是有人在我前面插队；点餐要碗牛腩粉，总是给我上成鱼丸粉；坐地铁永远等来的是过站不停车的列车；诸如此类。我的确是久经考验的战士了。

冷静下来，我首先需要确定的并不是那个人是谁，而是我现在是以怎样的状态存在的。

我站在办公室门口发呆的时候，因为正是迟到前的最后时刻，所以无数的同事慌慌张张地从外面冲进来打卡，趁老板、领导没有来之前赶到自己的电脑前，打开电脑做好开工准备。而在慌乱中总有那么几个愣头青撞到我的身上。撞到我以后，他们都会像一下子撞在了玻璃门上一样，捂着头，皱着眉，同时又怕被别人发现自己的窘相，偷偷地不声张地躲开逃走。我看着他们不知所措的表情，很快就分析出了我现在的状态，即我并不是像我所想象的那样灵魂出窍，而是具有着实体的存在，只不过我现在所具有的这个实体，似乎不可能被其他人发现，也就是处于"有，却不可见"的状态下。

为什么会变成这样？

所有答案必然都在那个假冒我的人身上。

既然大家都注意不到我,那么我想靠近那个"假我"也就易如反掌了,只要小心不撞到别人就好。我就这样小心翼翼地走到已经结束闲聊坐回电脑前面的"假我"身旁。

他并没有发现我一步步地靠近,或者是不想理睬我?不管那些,反正他不理睬我,我就要好好地观察他。

走近"假我"以后,我才发现这个家伙长得跟我一点儿都不像,抑或说我根本就看不出他的长相。看上去模模糊糊,根本抓不住他长相的重点,就像脸上抹了润滑油,目光只要一踩在上面,就立刻滑倒,摔出界外。不过,似乎这种感觉也只有我有。因为在我观察期间,同事们都以我的名字来称呼他,看来他们根本没有发现任何异样。

另外的观察成果则是,在这个"假我"身上,我闻到了一种熟悉的味道,然而我怎么也想不起来到底是在哪里闻到过这种味道。就在我拼命地翻找记忆中的那个味道时,又有了新的发现。虽然还没想起那个味道到底是什么,但似乎正是这种隐隐约约的味道,吸引了别人过来,特别是吸引了我心爱的那个女孩频频走过来和他说话。甚至似乎组长都对他,也就是那个"假我"有好感。

我坐在自己的办公桌上,盯着这个家伙,越盯心里越不是滋味。如果说在别人眼里,他就是我的话,怎么他就这么受人欢迎?而我……不不不,哪有,我不也一直都是像现在这样和大家相处融洽吗?

或许并非有意,我只是一边观察着"假我",一边开始思索平时的自己,到底是怎样的,是不是这样和同事说话,有没有和同事说过话,都记不大清了。无所谓,那些也不重要。而就在我思索和观察的过程中,竟然一天的工作就结束了。下班的时间转眼就到,这还真是我上班以来过得最快的一天。

"假我"也在最恰当的时候，关了电脑，与还没有走的同事们一一打了招呼，提起背包，走到办公室门口，伸出右手食指，按在早晨折腾了我许久的打卡器指纹识别窗口上，打卡器发出令人愉悦的蜂鸣声。紧随其后，我迅速地跟了上去。

终于等到了这个时刻，我倒要看看他是从哪里来。

"假我"走路的速度不快不慢，刚好和我平时的习惯相同。而走的路线……先是两站公交，再倒地铁。坐地铁必从车头数第三节车厢的最后一个门上车，再从车厢间的通道走到第四节车厢，靠车厢角站稳。唯独与我不同的是，他一次便等来了地铁，而非等到一辆过站不停车的列车后，再与两倍的人流一同挤进下一趟车。出了地铁后，他竟又坐上我每天下班都要搭乘的黑摩的。跟踪他的我，幸好没有被人发现，从而也紧挨他坐上同一辆摩的。而后听到他终于说出了要去的目的地，竟然真的就是我所住的小区。

怎么搞的？难不成……其实他才是真的我？

无论怎样，跟他到底再说。

他就像我往常那样，目不斜视地走到了我家楼下，又上了楼梯，走到家门口，掏出一把与我手里的完全相同的钥匙，打开了家门。

我赶忙三步并做两步追了进去，正看到那个家伙进门后，走向了厨房。

厨房？

还没追过去，忽然就闻到屋中飘来了浓浓的黄油味。黄油味？呃，对呀！因为味道变得极为浓郁，所以我才立刻想起来。没错呀，那个家伙身上所带有的特殊味道就是现在忽然弥漫开来的香甜浓郁、热气腾腾的黄油味！我跟进厨房，那家伙早无踪影，唯有那台面包机，打开着盖子。我探头往里面看，一个金黄松脆的黄油提子面包，似乎是刚烤好正等待我吃掉一样，冒着热气，也冒着黄油的香气。

五

这回真相大白了。

没有错，那个"假我"，其实就是从面包机里钻出来的。换言之，就是面包机用黄油提子面包造了个"假我"。也就是说，之所以他那么招人喜欢，正是因为他所带有的诱人的黄油味了。我是这么猜测的，但不乏道理，因为那种味道，一般人根本无法抵挡。

我看着自己那台莫名变得神奇的面包机，以及里面那个仍旧热乎乎的如同刚刚才烤好出锅的黄油提子面包，发起呆来。

或许真的是不由自主吧，发呆的同时，我把手伸了进去，撕下一块面包，塞进了嘴里。哦，表皮酥脆，不干不硬，而表皮之下又松软可口。怪不得她会喜欢，会那么开心！我再吃一口，吃到一颗烤熟了的裹在面包之中的提子。香甜口味再加上柔软的口感，流出的汁液浸入蓬松的面包之中，小小的却满是惊喜。

思考，似乎逐渐被美味所替代，直到我把最后一口面包吃掉后，我才隐约间感觉回归理智。新烤出来的自制面包，果然要比面包房里的面包诱人多了。大半块黄油、4个鸡蛋、一整包提子干，都是真材实料，又无添加剂，怎么可能不诱人呢？就在此时，我忽然计从心生，把面包机的内腔扔到水池子里胡乱洗了洗，然后便撇开面包机，去找它的说明书。

说明书里的确没有说这个面包机可以造出假人来。然而摆在面前的，即便没有说明，也已成事实。所以我找说明书，并非为了求证什么，而只是为了它那上面的面包的食谱。

我看着说明书上的食谱部分，觉得有些太过复杂，不如从简单的开始，便决定明天的面包是肉松面包。

一阵兴奋之后，我又出了门，去超市买我想要的肉松、更多的黄油、鸡蛋、面粉，以及酵母。

对了，我还一直忘了说，在我理解了面包机和那个人的关系之后，我为面包机造出来的人赋予了新的名字——面包我。而同时，我完全相信那样的万人迷面包我，一定会带给我想要的所有幸福。

六

水、鸡蛋、面包粉、干酵母、黄油、糖、盐、奶粉，不分先后，统统加入面包机的内腔，然后盖上盖，并不按甜面包、脆皮面包等全自动键，而是用面包机的和面功能。启动，面包机便开始像洗衣机一样有节奏地闷

闷地搅拌。搅拌到一定程度之后,面包机开始为里面的面团加热,这个加热并非高温,而是促进酵母发酵,感觉面包机内的世界变得温暖湿润起来,就像几亿年前的地球那样开始蠢蠢欲动,即将孕育出生命。

蜂鸣声响起,面团已经膨胀起来。我小心地把温热的面团从面包机中取出,放到案板上,用擀面杖将它擀成一张又圆又薄的面饼,在面饼上均匀涂抹事先已经调配好的蛋糖水,之后将肉松均匀撒上,小心卷起,整形,盘回到面包机的内腔里,启动烘烤功能。

烘烤开始,香气就此飘出。还是浓郁的黄油香味,又带上了微微的加热了的肉松的肉香。我几乎有些陶醉,陶醉到差点儿忘了做这个肉松面包的目的。

我一下从弥漫到全屋的香气中清醒过来,透过面包机盖子上的透明小窗看里面的情况。盘成螺旋状的肉松面包,似乎还在逐渐膨胀,这样的膨胀并不像刚才那样仅仅源于酵母的作用,而是那种开始生长的膨胀,是那种跃跃欲试、就要跳出来的膨胀。不过,我知道,对于一个肉松面包来说,这才仅仅是开始,烤好之后,还需要放凉,然后放入冰箱中冷藏。冷却了的带着点儿肉冻口感的肉松面包才是最为可口的。但我知道,一旦启动了烘烤功能,面包就不能再从面包机中取出,不然刚刚开始成长、即将成人的面包我,便将提前死掉。

它已经启动,谁也阻挡不了,我去睡觉,却根本睡不着。在弥漫着烤面包香气的屋里,我不断地踱步徘徊。终于等到面包机的烘烤程序结束,之后又等了大约半个小时,我发现面包机变得冰冷。它竟然可以做到自动冷却!可仍旧看不到有面包我从中爬出。

算了,再等下去也没有意义,去睡觉好了。

而这一觉我便睡过了头，一睁眼，时间竟然已经到了上午10点！

不好！什么面包我呀！万一根本就是我自己冲昏了头脑，不断胡思乱想，根本就没有面包我这样的"假我"出现过，那么如今的现状就是……我已经迟到了！

我从床上跳起来，匆忙穿好衣服，没工夫洗漱，跑出去的路上还踩到了呆呆地坐在屋子中间的笨猫的尾巴。

我可以说是连滚带爬地赶到公司，虽然迟到了，但还是去打卡，然后发现，打卡器如同昨天一样对我不理不睬。哦？我条件反射般地立刻往办公室里面看，看到有个人正坐在我的电脑前，认真工作。

所以说……面包我并不是我的幻想，而是真真切切地存在了。太棒了！这简直太棒了！

今天的面包我，是肉松面包。当我为其命名之后，我竟逐渐能看得清他的脸，虽然这张脸我仍旧感觉并不熟悉，却可以从别人的反应中获知，在他们眼里，这个肉松面包我，就是我。而今天的面包我的感觉与昨天大不相同，昨天那么温婉，今天则变得冷艳，然而却也偶尔会掠过一抹热情的微笑，特别是在她走过面包我的身边时。同时，我也隐约感觉到，今天的这位冷艳的面包我，似乎更加吸引她。

原来，面包不同，面包我的个性也会随之有所不同。

我如得知了世界的真理一般，没有再耽误时间，冲回家，研究起了各式的面包，以及那些面包背后可能带有的属性。今天的晚饭，自然是替我上了一天班和我心爱的女孩有了更密切接触后主动归来的肉松面包。

七

牛角面包、菠萝包、芝麻包、豆沙卷……一个个只要闻一闻就令人垂涎的诱人的面包我，被我做了出来，并且代替我去做我应该做的每一件事，其中还包括与我心爱的女孩一步步走近，一点点亲密。

女孩子是喜欢新鲜感的，所以我每天都为她做一个崭新的与前一天截然不同的面包，让新的面包我带给她更多意想不到的惊喜。

正是有了新的目标，我竟学会用面包机做蛋糕了。最先成功烤出的是简单的香蕉蛋糕。第二天的香蕉蛋糕我便出手不凡，与她一同吃了午饭，还在午休时间与她走在了阳光灿烂的街心公园盛开的桃花之下。

每天早晨，我都如同也要上班一样，跟着新的面包我去公司。站在一边认真地观察着"我"的举动。他们个顶个的优秀，工作游刃有余，被老板倍加赞许，却没有遭来任何的嫉妒，所有同事似乎都还为其高兴。同时，与她的发展也逐渐神速起来。女孩似乎越来越主动，看来她真的喜欢上了每天都有新面貌的面包我了。

难以想象我和她可以有这样的进展。每天的面包我都那么努力，对于幕后的制作者我来说，更应该倍加努力。

下定决心后，我每天上班的任务便更多一重，那就是借她发现不了我之便，开始仔细地更近距离地观察她。

这样的观察并不是什么猥琐的偷窥，而是有的放矢。我为的就是大量地收集她的喜好，从而做出更投其所好的面包我。

数据如何收集？从她的早餐开始。她的早餐具体吃的是什么我从未见过，但每次都能见到她在楼下的垃圾桶里扔下拿了一路的面包包装纸。既然没有人看得到我，我便无所谓面子，将每一次的包装纸都悄悄从垃圾桶里捡出，收进包里。接下来的上班时间，我也变得更加充实。一边观察着面包我与她之间的情感进展，一边研究起包装纸里的秘密。几天下来，我发现她早餐的包装纸从未变过，都来自同一家连锁面包房，不过包装纸上的残留却多不相同，有时是酥皮屑，有时是厚厚的甜奶油，有时是糖霜……

几天后，我对这样的观察结果胸有成竹了。首先，我每天换着花样做各不相同的面包我的决定是极为正确的，因为她就是那种不喜欢重样的女孩。其次，我还获得了新的信息，就是她更爱吃的是甜食，特别是蛋糕类。

所以，我打算让明天的面包我变得更加与众不同！我已经迫不及待地想看到她向我投怀送抱了！

八

我在到底该做怎样的面包我上犹豫徘徊了许久。或者说，不再是面包我，而是蛋糕我。黑森林蛋糕、乳酪蛋糕、熔岩蛋糕，或者什么水果口味

的海绵蛋糕？似乎都并不十分满意。

到底……出哪一招？我想开始新一轮的猛攻迅速解决问题了！我已经有些不甘于那种永远处在暗处观看的地位了。

最终，我翻遍了那些烘焙教程，竟选择了非蛋糕的一种难度更大的甜食：苹果派。

只要是面包机做出来的，就应该可以成人。所以我终于开始了最后的猛攻。苹果派，需要的不仅仅是新鲜的苹果和淡奶油来做馅，更主要的是托起这些的派皮。派皮想要酥软，需要加大量奶油在面粉里，并且烘焙的温度和时间也要恰到好处。幸好这些对于我这样一个每天都要做面包的人来说一点儿不难。

热气腾腾，咬上去酥软可口，既有水果的多汁又有奶油的甜美。

苹果派我，成功地从面包机中爬出，走上了每天的面包我都会走的路。

一切都很顺利！我的幸福，我已经预感到了我的幸福终将降临！

太完美的一天！从一早开始，她就对苹果派我倍加热情，是那种发自内心的压抑不住的热情。这样的热情，即便是躲在一边只是旁观的我，都已经被感染，心都已经怦怦直跳，脸红了起来。

而到了中午，苹果派我也不辜负我的期望发起了新的攻势，主动邀请她晚上共进晚餐。

共进晚餐？如果晚餐时再喝上一些酒，也就说明接下来……我不敢多想，只要一切能继续顺利就好。也就在这样的煎熬与幻想中，终于等到了下班，他们双双打卡走出了办公室。我自然不能放过，尾随在他们身后。只不过，我看到他们走出办公楼之后居然偷偷地手牵手了，跟在后面的我，两只拳头不知怎的握紧了……不，我不该有什么不是滋味的怨念！随后，双拳又恢复了平常的松弛。

他们去的是一家很高档的牛排店。因为没有人发现我，我便坐到了苹果派我旁边的地上。

我的幸福，近在咫尺！

然而，坐在冰冷的地板上的我，却也只是看着，看着自己心爱的女孩越发亲昵地与"我的晚餐"一起共进着他们的晚餐。我只能坐在旁边的地上，感受着地板的冰冷击打着开始抽搐的胃。

没有的事！他，不，苹果派我，是在为我争取幸福！

可是……在公司，所有的同事也都是喜欢着那些面包我。我想起了真正的我在公司时的样子，别自欺欺人了，那时，有谁愿意理我？所有人不都是用白眼来看待我这个不受欢迎的人吗？还有她……说实话，什么时候愿意搭理过我？所以说，我，并非那个面包我的我，实际上是这个世界上最失败的人！不是吗？是呀，怎么搞的！而现在呢？我受到了欢迎吗？仍然没有吧，受到欢迎的仍旧是"假我"！哪一个人也没有真的对我有过任

何好感,那也就是说,我的幸福……仍旧遥不可及,对吧?那个虚幻的幸福也只是在面包我、苹果派我身上,而非在真正的我这里!同时,没有发现吗?我的拼搏、努力、想要获得的尊重,或者说想要体现出来的只有我自己独有的价值,竟然就这么轻易被一个个面包所替代,而且它们在替代我之后,竟还轻而易举地做得更好。我的努力还真的是……不值一提吧?

不知怎的,听着他们愈发融洽的说笑,我竟默默地抱膝哭了起来。

怎么会哭了起来……太没出息了,或许真的是因为肚子饿的人容易感伤。我的情感突然决堤,停不下来。

或许是哭声越来越大,当我感觉有什么东西的时候,猛地一抬头,正看到一张脸离我无比之近,近到几乎鼻头顶到了鼻头。

然而,即使如此之近,我还是明显看得出,他根本看不到我,只是察觉到了这里有着什么。我看得见他,他却看不见我。他替代了我的幸福,我却仍旧是我。我紧盯着他的眼睛,他却失焦一样地看着我的后方。可悲的人呀!不,他根本就不是人,仅仅只是一个苹果派而已,我亲手做出来的,为了我自己的幸福而做的苹果派而已!我的晚餐而已!

所以……所以……我轻蔑地哼了一声,毫不犹豫,一口咬住了他的鼻子,是一块熟苹果!

一阵尖叫。一定是女孩看到苹果派我突然被咬掉了鼻子,控制不住自己的恐惧。

我咽下那口苹果,不等苹果派我反应过来,又扑了上去,开始撕咬他的脸、耳朵、喉咙……饱满多汁的熟苹果和香甜浓郁的淡奶油一起吃进嘴里,温度既不烫嘴也不凉,正合适,一口咬下,就再也停不下来。

无法想象其他人看到苹果派我被我撕咬头颅是怎样的场景，恐怕会是他脸上的肉突然就一块一块地消失了。顾不了那些，我继续吃了起来！

突然，左臂一阵剧痛，我这才猛地从苹果派我的脸里面抬起头来看。竟然是她！她一边尖叫着一边用牛排刀在苹果派我身边乱挥，刚好有一刀，刺中了我的左臂。

我号叫一声，退了出去。牛排刀并不算锋利，只有锯齿，所以只是刺破了衣服，当然也划破了皮肤。

可是……我忽然意识到一个问题，怎么没有流血？还有股极其难以言喻的味道从我的伤口中溢出。我立刻不顾其他，沿破口撕开衣袖看去。左臂上划开的口子不小，可是里面……竟根本没有血肉，而是……面包！

我一下子愣在了原地……怎么？我……其实也是面包？不、不可能！如果我是面包，这一个多月过去了岂不早就腐败？所以逻辑上就说不通！怎么可能！但，事实就摆在我的面前，破开的口子里，只有白色的面包瓢。而这股味道……我凑近破口又仔细闻了闻，是……浓烈的防腐剂的味道！所以，一切似乎都可以解答了！我，也同样是面包我，而我与其他面包我之不同就在于，做出我的时候，添加了极多的防腐剂。目的是什么？让我来代替那个真我继续制造面包我？只能这样来解释了，只能是这样了……

女孩子还在苹果派我身边癫狂般地挥舞着牛排刀，而我则冷静了下来，默默地退远。在远处看，女孩也不再可爱，而是可笑，就像我一样可笑，就像这个世界的真相一样可笑。

然而，可笑中我又不得不继续思考：到底怎样才是幸福？我替代了别

人，别人也可以毫不犹豫地替代我。替代者、被替代者，谁都对此无动于衷，而结果呢？没有结果。我想，我需要的只有一件事，就是吃掉所有替代我的人，虽然我并不一定比他们优秀，但我同样不允许就这样被替代！同时我也要找出那个指使我，让我替代了他的人！没错，同样把他吃掉，这样我才不会被他吃掉。这是生存的竞争，也是生存下来的意义的竞争。

我默默地将自己的左臂扯下吃掉。确认无误，就是满满的防腐剂味道的面包。好了，认清了世界，我微笑着站了起来。趁我身上的防腐剂还有效应，我要开始崭新的路途，那里或许有我真正的幸福。

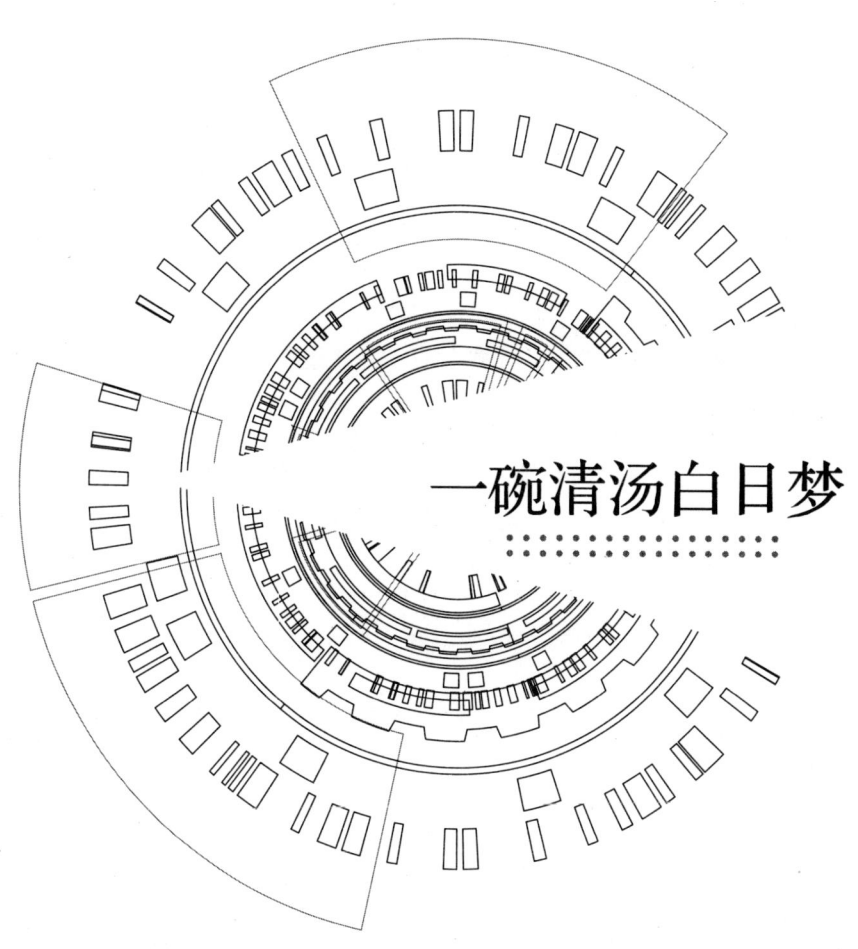

一碗清汤白日梦

从第一次组装后通电成功到现在，已经过去了十年。

那时和现在没什么太大的变化，面前是条公路，公路外是大海，海风带着锈意吹来，无论冬夏。只是那时我一点儿也不在乎，现在却再怎么维护也锈迹斑斑。

与我相伴的，是个简易棚，基本上可以为我遮风避雨、阻挡烈日。随着时间的推移，渐渐地我才发现原来最令我烦恼的，便是海鸥的粪便，一旦被污染，就很难清理干净。幸好十年来，我并非真的只身一人面朝大海，公司还专为我安排了一位工作人员，专门维护我及处理我会发生的各种故障。

一转眼，他就维护了我十年。

……

我，只是一台貌似不太普通的自动贩卖机。所谓"普通"，就是像任何一台自动贩卖机一样，投币给机器，选择需要的商品，商品便会从下面的出货口吐出。所谓"不太普通"，则是因为我不卖饮料也不卖零食，没有那么丰富的种类，我只卖一样商品：滚烫的清汤面。

第一天到这里，觉得一切都是新鲜的。

被启动之后,我先是按照固有程序完成一系列预热、自检动作,随后打开了安置在我左上角前端的摄像头。

这是我第一次见到世界,面前是条公路,公路外是大海……

天阴沉沉的,从我固有的知识包中调出的资料来判断,大概就要下起雪来。

我被安置在这里,并没有举办什么仪式,前来围观的人也并不多,加上四个将我运输过来的公司员工,一共仅有18人,差了两个就能凑成一个整数,这不得不让我觉得有些遗憾。

或许是因为就要下雪的缘故,公司员工急着要走。四个人只留下了一个工服穿得最随便、瘦瘦高高却面无表情的家伙,其余三人匆匆跳回到运我过来的大货车上离开了。留下的这个人,也就是后来一直就住在我身边的小棚屋里的维护工了。因为这家伙总是一副古板的脸,我就管他叫老古了。当然,这个称号老古他自己永远不可能知道。

来看新鲜的人们仍旧围着我指指点点,我也通过摄像头观察着他们。虽然没有所谓的声音,但我依然能清晰地判断出此时环境里的嘈杂。似乎人们都很兴奋,唯有那个被留下的老古,一个人站到角落里吸起了烟。

我开始猜测这些人谁将成为我第一个顾客,而结果,只是聚来得快,散去得也快。

转眼面前成了空棚空街,空空如也的大海。

只有老古,在我的视野边缘没有动过位置,吸着烟。没了刚才的热闹,我只好默默地,百无聊赖地一遍遍自检着系统。

直到简易棚下面的一盏白炽节能灯亮起,夜色降临,远处一片漆黑,才终于又有人影晃入我的视野。

我的第一位顾客终于来了，会是谁？

原来……是老古。

他面无表情地看着我操作面板上唯一的按钮，抚摸了一下，嘴里嘀咕了一句什么，给我投入了有生以来第一笔收入。

他按下按钮时，我甚至都有些紧张，但好在完成了一系列早已试验多次万无一失的动作。一碗滚烫的清汤面，终于没出任何差错，与程序所设计的分秒不差地做好了。

老古仍旧没有表情，只是端出我有生以来做出的第一碗面，坐到简易棚下专为客人准备的长桌前，背对着我吃了起来。

看着他的背影，才发现外面真的如我所料，下起了雪。

我的第一碗面就交代给了这样无聊的一个人，也许预示着我的一生都会如此无聊吧。

……

落成当天来的人算是比较多了，接下来的日子里真正来到这儿的人零零散散，很长一段时间才有一两个从我的视野中穿行而过。

经过多日的观察，我大概了解了这个地方的一些基本情况。根据资料我了解到人类会居住在城市里，而我所在的地方怎么看也不像是在所谓的城市之中，没有车水马龙的拥堵，没有灯红酒绿的男女，唯有时而呼啸而过一两辆汽车的公路和公路外的大海。还有一样是我所拥有的，就是一成不变的每日功课。

所谓每日功课，主要靠老古来完成。每天凌晨，老古都会准时从他的小棚屋里出来，睡眼惺忪地从我的视野边角掠过，到我的侧后方，打开后盖，从中将热汤罐取出，提至旁边的水槽，倾倒掉前一天剩下的热汤，将罐清洗干净，再将已经由公司装配好的汤料灌入，重新装回热汤灌槽中。热汤罐温度监控仪会立即提示我汤料温度不足，我便启动加热器，开始慢慢将新灌入的汤料煮沸。我不是方便面机的主要原因就在于我有并非冲泡而成的鲜汤。接着老古会回到我的视野内，站在我面前打开前盖，检查塑料面碗的数量，假若销售到一定数量，就补充进来一些。塑料面碗里放的是面饼和一些开水冲泡即熟的干料。

多次看到他对我机身内部的热能恋恋不舍，我才逐渐意识到原来这个地方常年以来都很冷，无论冬夏。

实际上老古没必要每天都来检查销量，每天只有那么三五个人来吃面，掰着人类的手指头都能算得出来多长时间才需要补一次面。我想老古并不蠢，那他大概就是真的无事可做才会这样吧。

说到这里，我的生活倒是比老古充实不少。最近，我喜欢上和一个小孩玩我发明的游戏。

这个小孩在开机那天就在我的视野之内出现过。接下来的日子里，他在每个星期天下午准时出现，愣头愣脑的样子，总是裹着一身比例极不协调的大棉袄。他好像有些怕老古，这也情有可原，老古总是那副古板面孔，我看着他都觉得生气，更不用说一个小孩了。

小孩过来总是先向老古的小棚屋看看，没有人看着他的情况下，他才会走到我面前，踮起脚尖来向投币口里塞钱。

随后，我们的游戏开始。

小孩塞好钱之后，我的确认按钮就会为他亮起。红灯一亮，小孩便会再次踮起脚尖来按。一旦按下，我的程序就启动。夹扣着面碗的纵向传送带向下挪动一格，面碗与出货口在同一平面后，向前一推，面碗也就到了注汤口的正下方，与此同时注汤口打开，滚烫的面汤注入碗中。注入足够的面汤，套在注汤口外的金属盖子就会落下，将滚烫的面汤和干巴巴的面饼闷在碗中，待面饼和菜料逐渐膨胀伸展开来，再由我将盖子提起。一碗清汤热面也就完成，可以从出货口取出去吃了。

无论是注汤的计量还是闷泡的时间，都是经过反复试验和计算之后设定好的。然而，当我看到这个小孩第一次从我的出货口里端出盛满滚烫面汤的面碗时，他那双手发抖有些端不动的样子立即打动了我，于是游戏就此开始了。

计算中面汤会在面碗盛满七成的位置停止注入，而我决定在这个孩子下一次来买面时，我会把面汤注到十成满。

下一个星期天，小孩如期而至。

还是那个样子，探头探脑先看看吓人的老古，随后才放心地走到我面前，踮起脚尖塞钱按按钮。小孩看上去十分期待每个星期都能到这个地方来跟我玩，我也不辜负他，将自己的计划付之于现实。

小孩看着满满一碗汤面在出货口里时，愣住了。他的表情就在我的摄像头斜下方，看得十分清楚，令我满足极了。不过，小孩也只是愣了一下，接着双手合十，搓了搓，还是勇敢地伸手进出货口端起了面。

原本七成满的面，他就已经颤颤巍巍勉强才能从我这里端到旁边的桌上，而现在是汤满到要溢出的程度。我饶有兴趣地看着，他刚刚才把面碗从出货口端出来，滚烫的面汤就溢出洒到了他的左手上。他还没来得及转过身去，面碗就在面汤溢出的同时被他抛到了地上，小孩跳着脚似乎还在躲闪着溅起来的汤。尖叫了没有呢？想必是叫了的。因为此时老古也闻声从小棚屋里跑了出来。或许正是老古迅速的反应，才更加坚定了我要跟这个孩子一直把游戏玩下去的决心。

看到面洒了一地，老古却没有骂他。这一点略让我有些吃惊。根据资料所说，人类越是平时面无表情也就越容易发火。老古只是依旧板着脸，蹲到小孩身旁，平视小孩的眼睛说了两句什么，摸了摸小孩的脑袋，就又站了起来，从兜里掏出钱，又在我这里买了一碗面。

一切自然都是系统完成，我不可能不给老古出这碗面，然而为了掩饰我对小孩的特殊待遇，这一次我也有意注入了满满的面汤。

看着出货口里已经些许溢出的面汤，老古只是撇了撇嘴，转头跟小孩说了句什么，小孩就乖乖地坐到桌子前去了。老古伸手端出了面碗，我清楚地看到也有滚烫的面汤溢到他的手上，他却像根本不怕烫一样，丝毫没有反应，平稳地将面端到了小孩的面前，又为小孩取来了筷子。

这就是老古最无趣的地方，就算被烫到了手，别说扔碗，事后连人类习惯性地吹一吹烫到的位置都没有。看到小孩终于破涕为笑地吃起面，他才独自走到我的面前，开始收拾起洒了满地的面条。

也许从那时起，老古就开始讨厌我了，不过无妨，我也并不喜欢他，因此根本不会顾及他的反应，一如既往地和那个小孩玩着游戏。小孩仍旧总会把面汤洒出来，这也就代表了他同样很喜欢这个游戏吧，不像老古那样无趣。

……

虽说有欢愉，我却也有烦恼。

烦恼之一自然来自那个小孩，我没有预料到人类的适应能力会有这么强。在被烫了几次之后，小孩再来买面，竟然随身携带了使用烤箱时才会佩戴的厚手套。这一点令我十分生气，我不是烤箱那种只会按照固有程序完成工作的蠢机器，却要用同样的辅助工具来对待我，我觉得我们之间的友谊受到了一定的伤害。还有，人类小孩的生长速度也太快了，没过几年，这个小孩已经不用踮着脚尖就可以塞钱按按钮，并且臂力和平衡能力也都大有长进，面汤很少洒出来了。

我还见到他穿过一阵子学生制服，而后有一次他没有再穿制服来买面，一如既往地端着我为他特供的十成满滚烫的清汤面坐到桌前。老了许多的老古也坐了过去，他们聊了许久，而后离开。这次离开后，长大了的孩子再没有出现过，依稀只是记得老古看着他离开的背影，迟迟没有回自己的小棚屋里取暖，似乎是在羡慕着什么。

不过，何必一定要继续说这个孩子？还是重新说说另一个烦恼好了。

这个烦恼，也同样来自我的一位常客。

他并不像那个小孩从我落成第一天就出现在我的视野中，他第一次出现是在我通电运行后的第256天，非常吉利的数字，却遇到了他。

一大早，只见一辆大型运输车的车鼻子进入到我视野边缘，停下后这家伙就走向了我。当时的我只知道这是个陌生人，大概是因为老古在棚子外面支起了写着"有热汤面"字样的旗子，才被吸引驻足。

从车里出来后，他就一直用力在嘴前搓着掌心，看得出他是冷得够呛。

或许从来没有见过面条自动贩卖机，他先是在棚子下面四处张望了一番才意识到所谓的热汤面是从我这里买。愣呵呵的样子，就像任何一个刚到我这里来的人一样，实在好笑。

看这家伙的样子，身体比老古粗壮许多，又开着货车，好像是搬运工。

那么被滚烫的面汤烫到时会是什么样呢？我暗自兴奋起来，拭目以待接下来的有趣场景。

然而结果……他不仅腕力比这附近的人都要强许多，并且似乎也根本不怕烫。我亲眼看到有滚烫的面汤洒在他的手上，他却毫无反应。实在太扫兴了！

没有发生什么事情，自然也引不来老古出现。

幸好这家伙时常还会再来。又试了几次，发现热汤确实对他无效后，我当机立断改变了游戏内容。我所能自主控制的东西并不多，但依然可以跟他愉快地玩一玩。我发现可以从投币上做做手脚。

等到那家伙再次开着货车来我这里买面时，我已然准备就绪。他投币的同时我控制了货币识别器，随后我们开始了"他投币我吐钱"这样循环往复的游戏。腕力再强，再不怕烫，也不得不跟我玩起新的游戏了。

我很得意，而后老古被这家伙叫了出来。看到老古过来，我立即恢复了货币识别器，这一次那家伙终于顺利地完成了投币环节。

端着面坐到长桌前，少见地看到老古主动和别人搭话，聊了起来。似乎这家伙对老古来说不太一般。

但无论老古说什么，那家伙都一直在摇头，吃完了面，用袖子抹了抹

嘴摆着手走了。

之后许多年,老古似乎都对这家伙有所期望。每次他来,老古都会进入我的视野,和他说上几句,像是在央求什么,但他永远是拒绝的。

谁知道老古要干什么呢,反正他们同样让我觉得无聊。

……

说来老古倒的确是有一手的。

我在和那个货车司机游戏正欢时,之所以看到老古出现就马上停止了,是因为我知道老古一出手,什么样的小动作都立即会被他修正。他就是这样,总是无趣地阻止我好不容易想出来的各种游戏。

不过,老古倒也做过一件好事。在我已经连续不断地工作了八年之后,他终于对我做了大改动。在此之前,由于我经常会把面汤洒到外面,导致防止出货口生锈和出现蟑螂成了老古的主要工作。一方面他要整日认真擦拭我出货口的内壁,不能残留一丁点儿汤汁和食物残渣;另一方面,他总是给我捣乱,修改我的线路程序。每次修改完,我都会有很长时间无从下手,老古这家伙的手段相当歹毒,总能把我想到的破解办法堵得死死的。幸好线路板更多时间是在我的手中,日日夜夜地寻找漏洞,总还是能突破的。我不怕花费精力,我有的是电能和时间。

或许老古知道他对我做的一切都会让我觉得无聊,因此在我们像下象棋一样博弈了八年之后,他为我做了一件让我感激不尽的改造。他不知从哪里弄来了新型芯片,为我安装上之后,拉来了网线。从那时起,我才突然知道这个世界并不只是视野中这么一丁点儿。

当然,我知道他让我连通了网络,并不是为了讨我开心,而是要让我升级功能。这一点显而易见，因为老古还改造了我的控制面板，将八年来唯一的一个选项按钮，改为了四个。我看不到按钮上的具体字样，但从老古引领着我在网上下载的升级包来看，应该是变为了酸辣、酱油、骨汤以及最原始的清汤四种口味。口味丰富了，热汤罐自然也需要增加，一切改造全由老古一人完成，看来他对这次改造干劲十足。

而我只是无奈地看着他每天热火朝天地折腾，同时我还独自跑到网上去撒野。

上网实在是太刺激了！无限的新知可以让我获取，还可以更加深入地了解人类到底是怎样的存在，以及老古的过去——他来到这里之前是个怎样的人。

我刚刚破解了老古曾经上过的大学的学生资料库，看到老古实际上还是个所谓的精英人才，有趣的事情就发生了。大体上，事情和我所预料的相同，来到这里八年来老古第一次爆发出来的热情，彻底白费了。一切改造似乎都是老古自作主张，到最后的环节，公司却回绝了老古要求配送四种口味汤料的申请。我特意到公司的销售网站上去看，四种口味并非老古臆想，公司实际上都有销售。那么回绝的理由，大概只有"没有必要"了吧。说来也的确如此，自从我知道世界到底有多丰富之后，才真切地知道这里到底有多偏僻。八年来，我也不过卖掉了9512碗面，有的时候好几天都没有人来光顾，绝大多数的面都是老古自己买来对付一日三餐的。

于事无补，老古只有看着已然改造完成的我，继续在我的视野角落里吸烟，吸个不停。

对我来说，到底是卖一种口味还是四种口味，实在没什么区别，除了

我的样子略有变化以外，日子又重归平常。老古似乎从此没再努力过什么，甚至连我的出货口内壁都擦拭得不那么勤了。我依然热衷于试图在最后烫到一次那个已经长大的小孩的手，趁老古不在时吐出几次货车司机的钞票。

小孩换掉了制服离开了这里，同时还有一些微妙的变动。偶尔结伴而来的一对老夫妇，近来只有老太太一个人来吃面了；以往总是粗鲁地按按钮的大婶最近竟然挽着个年轻小伙子从我的视野中路过，再不来吃面；以及那个货车司机失去了右手。

货车司机终于丧失了与我游戏的基本素质——腕力，我不必再从货币识别器上做手脚，溢出的滚烫面汤足可以烫得他在我面前落泪。或许这场游戏算是我赢了，可是就像那个小孩离开时一样，我只有失落，毫无胜利的欢喜。

不过，就在我能够上网以后，我把一直留意到的一件事上网搜索了一下。

货车司机有时会把货车开进我视野里来，那样我就可以看到货车上的标志。那个标志看起来和生产我的公司的标志有着什么样的关联。在能上网之后，我终于经历多次尝试查到了标志所代表的公司，与生产我的公司相类似，同样是家电子器材研发公司。

之后，看到已经不可能再开货车的货车司机再来吃面时，老古竟然还抓着他不放，用我听不到的声音问东问西，我就有了一种不祥的预感。

货车司机把头摇得更加用力，甚至在被老古问烦的时候会大发雷霆向老古吼叫，还伸出只剩下肉球的右臂，指给老古看。

似乎货车司机所遇到的事故，正与老古的某项急于求成的设计有关。

货车司机从此再也没有来过，我倒是觉得放心了许多。然而，这些并不代表事情向好的方向发展，老古烟吸得更凶，我也越来越破旧。

该是什么样的结局，或许早已注定，只是在结局到来之前到底自己猜到了多少略有相同。

……

是从什么时候起，我开始无时无刻不注意起蟑螂来？

在刚刚开机的那几年里，我从来没有意识到蟑螂有多可恶。我可以肆无忌惮地将汤料洒到出货口内壁的任何一个角落，反正老古会及时来擦干净，同时，我的元件涂层也都是防水防污的。这么多层的保护，还有什么可怕。

然而现在……任何溅出的油渍、汤汁都有可能从出货口内壁渗透进来，腐蚀我的电路板，生锈、短路随时都会发生。而蟑螂也会无孔不入地钻进我的体内，随意乱啃。它们啃到面碗里的干面的话，或许还算好些，可惜盛放面碗的地方密闭性要比我的电路板强太多，蟑螂的首选永远是啃食我的电线外皮。

除了推动和传送面碗，以及从热汤罐中汲取汤汁以外，我没有任何可以动起来的机件，想用网上看到的用尾巴或者其他什么部位驱赶虫子的方法，在我身上完全不可能实现。我只能一动不动地被它们所侵蚀。

我开始渴望老古再给我做一次改造，甚至不是改造，只是全身元件更新一下也可以。当然这只是痴心妄想，即使我可以上网，了解更多有关这个世界的信息，我的世界仍旧只是眼前这一丁点儿范围。

对这个世界知道得越多也就越觉得无望。

无望也好,妄想也罢,我和老古共同经历的最后一个事件发生了。

快要到第十年之前迎来了人类意义上的一个严冬,这天傍晚时下起了大雪,不过三四个小时,我们的棚子外就已经积上了没过脚踝的雪。老古开始不安地徘徊,我猜他一定是在担心大雪会压塌我们的棚子。

而此时,一个身影从纷飞的大雪中钻进了棚子下面,原来是那位久违了的不可能再开货车的货车司机。货车司机的身材依然魁梧,但是看上去却狼狈极了,上半身已然都被大雪覆盖。

老古看到这位他的老朋友突然出现,不禁一惊,立即跑到我面前塞了钱,按动已经改造为四个却仍旧都属同样口味和功能的按钮。我的程序就此启动。

在我正一步步完成做面程序时,老古去了货车司机身边,为他掸身上的积雪。货车司机用没有手的右臂一把将老古推开,也在此时我判断出他一定是喝了不少的酒。在我新学到的知识里有一条:醉酒的人必惹麻烦。

我开始紧张起来,可是老古一点儿也没能懂得我的心思,仍将滚烫的清汤面端出,摆到了货车司机面前。在这种天气下,货车司机恐怕也早已又冷又饿,看到有热面摆上来,迫不及待地就伸出了只有肉球没有手的右臂。当他的肉球触到桌子上摆放的筷子时,先是愣了一下,随后立即爆发。

和我想象的一样,他一把就将盛有滚烫面汤的面碗扫翻在地,猛地站起身来,震落身上全部积雪,用左手抓住了老古的衣领,再一次朝老古吼叫起来。老古毫不反抗,只是默默地被他单手抓着。货车司机气急,挥动肉球，揍在老古脸上。老古挨上重重一击，摔了出去。

想必老古是不会反抗的，货车司机却没有继续追打，而是将一双怒目瞪向了我。

我真的被他的眼神吓到了！这种恐惧，恐怕就连在我的电路板上美餐着的蟑螂都会被击中电翻。我不知该怎么自卫，我没有任何自卫的方法。

货车司机抬起右脚，重重地踹到我的出货口上。我感到就连注汤口都一下子扭曲变形了。紧接着，他又是一脚踹在了老古给我改造新装上的外接热汤罐上，热汤罐立即被踢飞，我们连接的部位被撕裂。

就在我的控制面板也将要被货车司机抄起的板凳砸烂的时候，老古扑了上来。他那瘦弱的身子，哪里扛得住货车司机的重锤？

货车司机的愤怒从我的身上转回老古。我似乎脱险了，但货车司机却一发不可收拾地用板凳砸着老古的脑袋，重重地富有节奏地一下一下砸在那个还残留着很多想法和设计灵感的脑袋上。

幸好我的摄像头没有被打坏，一切我都看在了眼里。我希望可以用自己的意志早些驱赶走这个已经疯狂的人。

或许是我的意志终于起了作用，也或许只是货车司机清醒过来。他手里拿着板凳，愣了许久，突然扔掉了板凳，逃窜一样冲回了大雪漫天的棚外世界。

剩下的只是白茫茫雪停以后天边的一道曙光。

我不知道躺在那里的老古到底怎么样了，仔细观察，胸口还有微弱的起伏。我希望他能重新爬起来，因为我实在想知道自己现在还能不能正常地做出一碗面了。

然而,他一直没有爬起来。这个废物!难道他不知道在这里,除了他的一日三餐以外,三四天都不会有一个人来我这里买面吗?没有人按动按钮,我怎么知道自己是不是还能工作?

老古这个废物呀!

太阳升起又落下,积雪也都化成了泥水,流淌在老古身边,又结成了冰。真是可恶,这样被冰封住,老古就更爬不起来了。什么事都不能尽如我意,真是可恶至极!

十年的时间到了。

十年来,我依旧只能看到视野内这么多的世界,面前是条公路,公路外是大海,海风带着锈意吹来,还有躺在我面前不远处的老古。我们一同被彻底遗忘在了世界的边缘,十年未变。

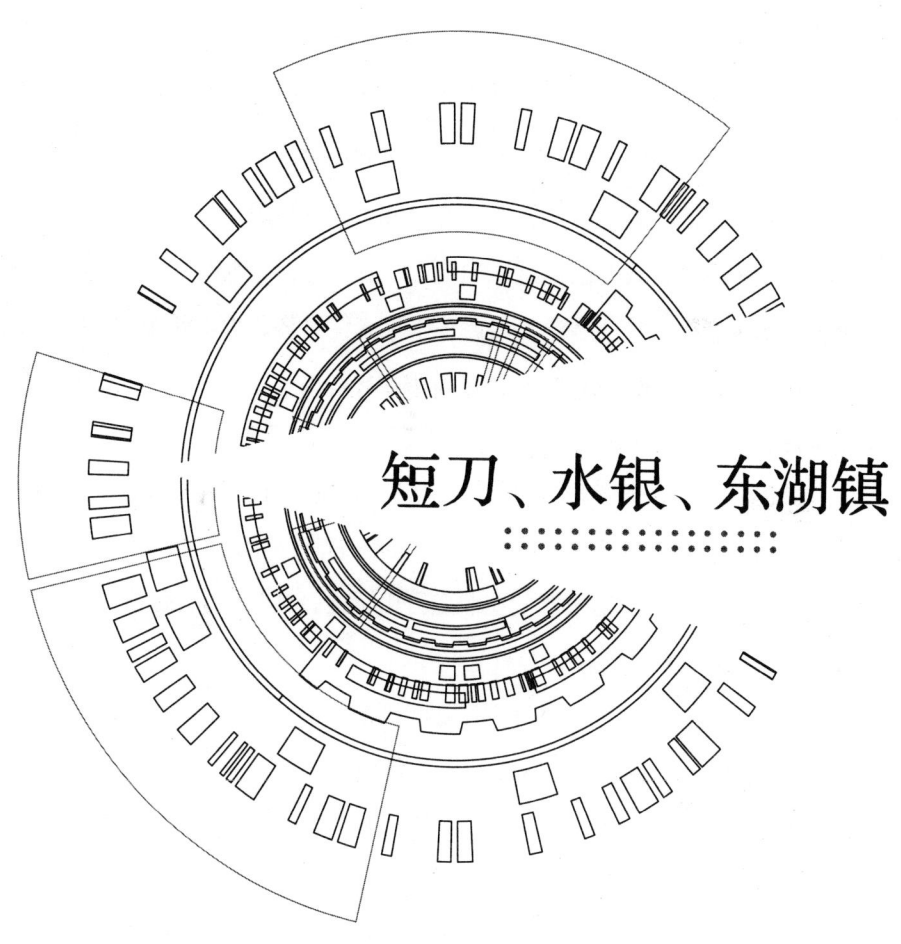

短刀、水银、东湖镇

方友,仅从姓氏来看就知道,既非苗人,亦非侗人,只是一个喜欢穿蓝布蜡染褂子的外人而已。这样的地理位置,照百年来不变的传统,东湖镇该是个苗寨而不是什么镇。但近几十年来什么都变了,就连原本的苗寨里都莫名盖出一座侗人鼓楼来。

寨子变成镇子,侗人、汉人,全都来了,甚至还来了洋人。

洋人,就算这个湖畔山沟里的杂居镇子,信息再闭塞,人们也都或多或少知道了这些人高马大、样貌奇怪的洋人,在山峦之间搭起了桥,通了隆隆怪叫的火车,更知道他们在北面万山那边,弄起了矿场,采着朱砂,还有水银。

可那都只是坊间传闻,真真切切看到活的洋人,还都在街道上走来走去,说着聒噪难听的怪话,这还是头一遭。

面对宛如一夜间冒出来的洋人们,就算是自称见过太多大世面的方友,也还是忍不住偷眼看个新鲜。

在人们眼里,方友就是这么一个整日坐在湖边无所事事的家伙。在湖边,甚至连鱼都不钓,唯一嗜好大概只有若无其事走在镇上,四处检查树木的健康状况。哪棵树生了虫,起了病,方友绝对第一个知道,第一个跑去处理。

"这还是学了满人那一套游手好闲,没干过正经活计。"去过贵阳府的老人,像个族群长老一样评判方友,告诫他人。

然而,方友确实不愁吃穿,腰间那把怪模怪样的短刀,就是他打粮食来钱的工具。

苗人是不会卖刀具给一个外人的;侗人只会无休止地搭他们的鼓楼和在鼓楼下面吹着苗人的芦笙载歌载舞;而那些汉人,两手空空地来,只是为了赚走这里的银子,更是不会在意什么兵器刀剑。

也就是说,方友的这把古怪短刀,只能是他出现在东湖镇之前,在什么地方找师傅打的了。况且,见过这把短刀样子的人,都更加笃定刀不是随便买来或者抢来的,而是这家伙自己画的图谱,定制打造的。

短刀平时插在皮鞘里,方友会把短刀戴在腰后,在他身后就能看到个大概。刀柄尾端有大得有些夸张的刀环,护手像汉人的八卦刀一样,成"卍"字形。别看是短刀,仅从佩戴在腰间的带子承重情况就可以看出,这把刀的分量相当之重。

刀身实际上更加古怪,方友偶尔会把短刀抽出来擦拭护理一下。他从来没有避讳过旁人,所以只要有足够的好奇心,多少都见过他那把刀的样子。刀身相当宽大厚重,看上去十分适合砍杀。有刀尖,同样可以用来刺敌。刀背更是奇怪,笔直且有狼牙锯齿,布满整个刀背,看起来相当凶恶。在苗寨里,还没有人会在刀背上做锯齿。刀的样子传来传去,最后人们只能是更多猜测,有人说是钳住对方兵刃用,也有人说是为了刺进胸膛再抽出时可以利落地锯开肋骨用。不过,到底是怎么使用的,真见过的人,没有能活着回来告诉大家的。

方友却从不露出一点儿凶残的气息,有事没事就那么游手好闲地坐在什么地方，或是吃吃茶，或是看看景，微微笑着，看淡一切的样子。

又是一阵隆隆声，声音回荡在山间，震得绿油油的湖面兴起浪来。

本来是在湖边发呆的方友，不禁咂了咂舌。

又该有麻烦事找上门了。

仲夏的东湖镇，就算是湖畔，也没有一丝凉风。湖水因为山里的英法水银公司开矿，水质越来越差，已经连绿色都算不上，无臭无味，所有恶臭都来自岸边而非水中。

住在湖畔窝棚一样的破屋里的方友，正受着溽暑和恶臭的双重折磨。才刚刚清晨，他就已经睡不着，躺在席子上辗转反侧，拼命扇着扇子。可惜，他再怎么拼命扇，破屋子里照样潮热难耐，同时蚊群盘旋，赶也赶不干净。

躺在席子上，望着顶棚横梁上的霉斑，方友的扇子突然停了下来。悄无声息，扇子已经换作那柄短刀。不过，这种紧绷的状态仅仅只是一瞬，待到外面脚步声逼近，方友已经放松下来。

外行而已。方友放下短刀，正坐在了破屋席子正中央，拿起了扇子，像模像样地又扇了起来。

外面的人十分谨慎，没有直接推门进来，而是站在外面敲了两声门。

想让我喊"请进"不成?方友撇了撇嘴,又像是表演给外面的人看一样,扇起扇子。偏不。

外面的人见无人应答,能听出犹豫了片刻,还是隔着破木板门向屋内喊了一声"方先生"。

汉人?

无论听口音还是口气,都显然是个汉人。近来一年,从东南沿海一路跑来贵阳府,再跑到山沟子里来的汉人越来越多,但在东湖镇依旧还是少数,多是些路过借宿落脚一阵,从山里运出些石材木料到内陆做生意的行商过客,对东湖镇只知休息,不闻不问。所以,怎么会有汉人知道方友的住处,还知道他的名字?而且听这口气,显然也是有求于方友,对方友所做的生意知之一二了才是。无论如何都觉得不大一般了。

"方先生,请开门,在下有事想与方先生商谈。"

方友咂了一下嘴,把扇子放到了一边,双手扶膝,直接从地上站了起来,嘀咕着"先什么生,恶心",把破木板门一把拉开。

门口站着的这个汉人的穿着,着实让方友吃了一惊。和方才想象的那种穿长衫马甲的汉人完全不同,这个人竟是穿了一身像模像样的西装皮鞋,干干净净,还戴了一顶圆沿帽,若不是看到脑后长长的辫子,都以为是个长得像东方人的洋人了。

"好家伙,你这里三层外三层地穿着,热不热啊?"方友敞着蓝布蜡染褂子,整个胸膛全都露着,上面满是泥乎乎的汗。

"在下刘能,"这个自报姓名叫刘能的汉人,没有理会方友打岔,递上了一张质地硬邦邦的卡片,"这是在下的名片。"同时,看到方友屋里满地的死蚊子,皱了皱眉头。

"名片？又是什么鬼名堂……"方友会说汉语，也认识汉字，拿过名片，瞅了一眼，"英法水银公司，东湖镇区，华经理？"

刘能微微一笑，点点头，说："就是帮助洋人打理一下和咱们大清子民关系，四处走动走动的通事。"

方友捏着名片，若有所思地看着，没有吱声。

"我们久仰方大侠的大名，因此特地前来拜会。"

"直说吧，别拐弯抹角寒碜我。"方友一边说着，一边扇着那张名片赶起蚊子来。

"爽快。"刘能顿了片刻，"那我就开门见山地说了。我们英法水银公司东湖镇区……"

"啰里吧唆的名字，赶紧说正题。"

"我们在此希望能聘请您方大侠做我们公司的保镖。"

"保镖？雇我做你们的保镖？"方友笑了起来。

"如何？"

"你小子查了不少我的底细吧。"

"不敢不敢。"

"那有没有查到，我这个人啊，别的没什么大志向，但只要一做起保镖来，开价可是不含糊。"方友笑得意味深长。

"银元两元。"刘能伸出两只手指。

方友撇了撇嘴。

"五元。"

方友又撇了撇嘴。

"十元。"刘能已经伸出了双手所有手指，张开两张不大不小斯斯文文的巴掌在方友面前。

方友伸手把刘能双手都握到了自己手中,再用三根手指轻轻拍了拍刘能的手心。

"三十元?"刘能有点儿绷不住了。

"你意下如何?"

"嗯……成……"

"是每天哦。"

一直面无表情的刘能,突然"啊"地叫出了声。"别欺人太甚,方大侠。"措辞很严厉,但语气依旧不温不火。

"哪有哪有,不敢不敢。"

"我们查过方大侠,您并非苗人。"

"这又如何?"

"何必像那些守旧顽固的家伙一样,死守着迂腐不堪的旧理,冥顽不化?"

"哈哈,你误会了误会了,我是不是苗人,或者说我是什么人,这个跟你们没一星半点儿的关系。而我也没打算守什么理,我就是想赚钱,怎么了?有什么不对吗?"方友用下巴指了指自己这间湖边破棚子,"那儿漏雨了,那边啊,发霉了,还有那边,那边,这都要钱,不是吗?小哥你一看也是个生意人,这点儿道理终究还是该懂的吧。"

"……"

"至少拿出点儿诚意来啊。我知道你做不了主,赶紧滚回去问问,请示请示再来吧。"

不等刘能回应,方友已经把他随手赶出了屋门,把破木板门一下

关上。

算是吃了半个闭门羹,刘能有些自讨没趣一般,也没多停留,直接离开了。

方友坐在屋子中间,叹了口气,一侧身拿起自己那把短刀,像是陪一只小猫玩耍一样,轻轻挠了挠刀柄和护手之间的位置,把它放到了腿上,嘀咕着说:"果不其然,风雨将至了。"

随后,方友抑制不住地……露出了笑。

"最近我是积了什么福?简直是高朋满座啊。"

方友看着站在门外的七八个代土司家丁,笑开了花。

现在这些代土司家丁,多是在听代土司儿子的使唤。看来那小子也是要掺和点儿事了不可。

所谓"代土司",说来话长。原本苗民寨子都是由土司管理,亦有"八寨厅"这样早在雍正年间就被清廷认可的政务机构,分出不少土司管理各寨事务。可是几百年来,多数土司都残暴无度,惹得苗民们屡屡造反,结果就是高压后闹一次,就撤销一次土司制度,过上十来年,看平息了再恢复。这个时候的东湖镇,刚好处在没有土司制度的时期,但一个镇子终究不能没有个管事的,结果就会在无土司期间出现"代土司"这么个不伦不类的职务。

这一代的代土司已经用了汉姓，一家姓沈。沈老头儿不知是用了什么样的手段，坐上了这样的位置。不过，代土司不像土司有世袭制，所以代土司的儿子沈一毛……多少就有些尴尬了。

沈一毛的这些家丁，穿着统一的黑衣黑裤，只有袖口刺有牛角图案，除了看似领头的一个身材瘦高，多少有些不同以外，其余之人各个膀大腰圆，还都配着一把弯刀。这样一拨人要是走在街上，八里地的老百姓都会赶紧躲得远远的。一下来了七八个到自己家门口，好大的架势，方友不由得都倍感荣幸了。

"少爷请你走一趟。"领头的语气虽然生硬但还算客气。

一共七个，方友迅速数了一下，并看清了他们分别都带了什么兵刃。每个人都配有弯刀不说，其中还有三个带了手弩。

确实有点儿麻烦了。

方友死死盯着领头的，两个小孩赌气一样相互不甘示弱。好一阵子后，方友才若无其事地笑了笑，说："好吧。"

所有人都松了一口气一样，方才的紧张气氛立刻松弛下来。不过，这只是一瞬，随后他们看到准备跟他们走的方友腰后戴着的那把古怪的短刀，立刻又重新紧张起来。

"不好意思，"领头的语气还是客客气气的，"宅邸不允许带刀具铁器。"

"呦！居然还有这种规矩？"方友吊高了嗓门说，"我跟你们说啊，我这人有个病，只要和这把短刀一分开，立马就会爆炸。砰的一声！"方友双手向上一扬，做出一个相当夸张的爆炸动作，唬得几个沈家家丁连连

后退。"跟洋人们炸山取矿一个样,就问你们怕不怕吧。"

"恕难从命。"不愧是领头的,依旧这么淡定。

话音刚落,方友二话不说,扑通坐到地上,说:"那我可不去了。"

方才还被吓得后退的几个人,一见眼前情况,又都回了胆,有两个还抽出了弯刀,以示恐吓,但立刻就被另外一个看上去明白利害关系的制止住。

领头的看着坐在地上的方友,皱着眉和另一个最淡定的交头接耳一番,只好屈服一样,向方友点头许可,眼神中满是"下不为例"的警示。

正值傍晚的集市时间,东湖镇的沿湖主干道上沿着一条街的树荫全是一个紧邻一个的小商小贩的摊子。卖布的、卖酒的、卖鸟笼的、卖些不值钱的碎银首饰的、卖米糕面点的、卖油炸小吃的、卖烟卖咸菜的,全是些老百姓喜闻乐见的小本买卖。不算太宽的街道,已经熙熙攘攘挤满了人。

走到人群中的沈家家丁,各个都戴上一顶竹编笠帽,看上去像是为了掩人耳目隐藏身份,结果适得其反。七个带刀壮汉,还各个戴着一顶意味不明的笠帽,走起路来步步生风,傻子都能看得出来这是来者不善。七个人盯着方友一行,刚刚到了集市主干道起始的一端,人们就已然习惯成自然地安静下来,默默让开一条贯穿街道的路。

家丁七人在瘦高个的带领下,见情势超出预期,纷纷把笠帽的帽檐再往脸前压了压,快步甚至像是小跑一样,向前急行,这样看来,反倒更加可疑了些。而方友优哉游哉地穿过众人两侧排开的狭长甬道。

人们看着这个常年穿着蓝布蜡染褂子的街上名人,跟在七个可疑大汉身后,都忍不住交头接耳,纷纷议论起来。虽说猜测千奇百怪,各有各的根据,但最终绝大多数人都一致认为,这下方友要栽跟头了。不由得,这些和方友之间几乎没有什么利害关系的人们，开始幸灾乐祸，等着看戏了。

一般来说，土司的宅邸都会建在一个制高点上，在宅邸里就能俯瞰自己掌管的领地，是绝大多数掌权之人的普遍爱好。当然，代土司同样不会例外，虽然他只是一时的权利临时替代品而已。不过，在东湖镇有沈家代土司出现之前，并没有自己直接掌权的土司。当时的土司掌管了10多个寨子，把宅邸建到了最富饶的一个寨子中，东湖镇自然不属于富的那边，也自然没有土司乐意居住于此。因此，现在的代土司宅邸完全是沈家掌管之后兴建而成。

东湖镇不在山中，一马平川，没有什么自然制高点，但那也难不倒沈老头子。没有高地，那就自造一个高地出来。用灰不溜丢不规则的石块，愣是堆出了好几亩地的高台出来。四五丈高的高台上面，再建起比昔日土司府衙还要气派的代土司宅邸。

碎石高台天然成了代土司宅邸的围墙，仅在正中开了一道口，里面是石阶楼梯，直通高台之上。通道口，有巨型栅栏门严守，栅栏门一般不会打开，在门的右下角单开一道小门供宅邸日常出入。小门自然比大门更好把守，在小门左右各站了一名和来找方友的七人的身材、打扮、佩刀都一模一样的侍卫。黑衣、黑裤、牛角、刺绣，肃杀之气凝聚。

瘦高个率先走到侍卫身边，耳语许久。期间，侍卫还瞥了好几次方友腰后的短刀。再过了几番听不见的沟通，其中一个侍卫转身先进了小门，一溜烟沿着漫长的楼梯上了去。

一把短刀的手续还真是烦琐啊。再看看这个煞有介事的碎石高台，和巨型栅栏门的防御，可真是把自己当正经土司了，亲爱的代土司大人。方

友不禁在心中讥笑一番。

又是等了好一阵子,方才那个侍卫终于又跑了回来,气喘吁吁地跟瘦高个点了点头,终于为他们打开了小栅门。不过,七个人还是相当谨慎,前三后四把方友夹在中间带上了高台。

高台之上,终于见到了代土司宅邸真容。

气派的牌坊在楼梯尽端,牌坊上也是牛角图腾,似乎沈家相当信奉牛角。在牌坊外,楼梯两侧,各是一排平房,平房面朝外侧,山墙挖有高高低低的弓箭射击孔,朝向宅邸一侧才有门窗,显然是防御与驻兵用的房屋。

牌坊内,绕过影壁墙,正见一座四周全是二层小楼的院子。小楼有游廊,院子有假山。穿过第一个院子,后面的建筑更加气派,赫然如宫殿,只是屋顶不敢像皇族皇家那样用歇山顶规格,而是苗族自己的牛角样式屋顶。这样的屋顶和宫殿的建筑本体结合略有些不伦不类。

大殿是用来住的还是用来办公的,不得而知。如果住,看上去并不舒适;办公,又从未见过什么人出入这里,到底能有多少公可以办呢?

疑惑归疑惑,方友只有跟着,再度穿过这个院子,到了最后一进。院子里有花园,有鱼池,有精心的布景,比前面孤零零的假山别致得多。正中央的苗式小楼,显然正是代土司沈老头儿的居所,而七人带着方友向西厢房走去,看来沈一毛正是住在这边。

西厢房同样是二层小楼。走到二层,从露在外面的游廊一路走到尽头,七个人中的六人在门前左右排开,瘦高个敲门后,带方友进到了屋里。

三

苍白消瘦，一身银器，衣服满是各种繁复图案刺绣，颜色好看得没得挑，无论从什么角度来看，这个沈一毛都是一副荒淫无度富家公子的样子。

沈一毛的房间布置得同样过度奢华，摆满了可有可无的银器，夕阳刚好从背面的窗射进来，映在银器堆上，晃得人全身难受。

"来来来，新下来的秃茶，尝个新鲜。"沈一毛率先开口招呼方友。在他和方友之间的几案上，早就摆好了一只茶壶和两只白得透亮的瓷茶盏。

沈一毛的话语方落，他身边的侍从立刻为两只茶盏都倒上了青绿色的茶。

方友正好口渴，毫不客气，一把抓起茶盏，一口饮尽，根本没咂出味来，指着空茶盏，让侍从赶紧再满上一杯。

沈一毛看着，呵呵地笑了一声，也拿起自己那盏，细细抿了一小口，徐徐地说了起来。

"茶农们真是辛苦啊。这么好的秃茶，辛辛苦苦整日照料，长出来一芽一芽地摘，还要在这么热的天，紧挨着火炉子炒，结果呢，才卖这么几个钱，连顿饱饭都吃不起。看在这么好的茶的分儿上，他们就应该有更好

的生活。"

"可不是的么。"方友随口应和着,已经喝净了第四盏茶。看到牛饮一般的方友,侍从没好气地又给他满上。

"怎么给客人的茶倒这么满?!"沈一毛突然严厉地斥责起侍从,"太不懂规矩了!给我退下去!"

侍从愣了片刻,立即明白过来,赶紧把茶壶放下,退了出去。

"你也出去。"沈一毛对着一直站在方友身边的带刀家丁说。

"可是……少爷……"那个家丁不懂事理地用眼神示意了方友的短刀。

"去去去!给我出去。方大侠这么名震丹寨的人物,还能在这儿把我砍了不成?"

没想到这个小少爷还有那么一点儿魄力。

家丁紧随侍从出了房间,房间里仅剩两人,和耀眼的银光。

"方大侠,尽情喝吧。"

"又不是酒,没那个必要。"

"说的也是。那么……"沈一毛严肃起来,"听说有个汉人,说是水银公司的通事,找过你?"

"这里不是衙门府吧?再说了,这也没犯着谁,小少爷你说是不是?"

"是,也不是。"沈一毛意味深长地笑了一下,"咱们都是东湖镇人,都是丹寨人,干吗到这裉节上帮衬起外人了?"

"哎哟,合着说这时候我这个家伙反倒不算外人了?"

"看你说的,什么话啊。方大侠一直是咱们东湖镇人,哪有过是外人的时候？"

"得了吧，"方友把喝净的茶盏放到桌上，"直接开条件看看吧。"

"爽快。"沈一毛坐直了些说，"我们家历代经商，老爷子他能有现在的家业……不说那些了，就说咱丹寨，明面上是靠茶叶靠黏土，实际呢，百十来年，不就一直靠着咱们这里产水银卖给那些中原人，下葬了炼丹了，用来过活。"

原来沈家在争到代土司之前，一直暗地里是在做水银生意啊。这可比秃茶有味多了。那么，在洋人们来之前，怕不是他们还一直在弄着水银。

"洋人来了，他们那些奇技淫巧的玩意，放在采水银上，还真有点儿作用。万山那边已经被他们占下来，前两天还跑到咱们眼皮子底下来炸山开洞了，相当深入。"沈一毛拿起手边的银镯子在手里把玩了一下，"给你一队人，赶走那些汉人，直接把英法水银公司接过来。"

方友悠长地"嚯"了一声，且趁机思索了一下利害。

为何会找上自己，实际上很是明白。当下沈家是代土司，身份非常微妙。历年来的代土司死了，他的后代族人都没有可能成为真正土司，农民事态平息之后，真正的土司还是要靠真正的权贵来瓜分，像沈家这种经商暴发户，永远不可能走到这一步。也就是说，在沈老头儿年事已高的当下，他们多少要开始给自家找后路了。而正好在这节骨眼上，本来是家业重头的水银买卖，一下子被洋人给吃下了，而且作为地头蛇的沈家，竟然一点儿油水都捞不到，跟洋人对接的全都是会外语的汉人，这就更惹火了沈家。那么问题又回到了最初，为什么一定要找上自己来接手这个活？显而易见，一来，能打的名声在外，总要有绝对的战斗力在手，特别是洋人还有洋枪这种可怕的武器；二来，沈家决不能在明面上来争水银矿，必须

要有个公认的外人来冲锋陷阵；三来，还不是因为这"外人"二字，到时候只要水银接手都办好了，想除掉一个外人，比除掉一个本族人要轻松且干净得多。

"到底怎么样啊？"沈一毛终于露出了富家少爷不耐烦的样子。

"在下不才，不会洋人的洋话，实在干不了这活。"这也是实话实说了。

"用不着会洋话啊！抓两个会的汉人不就结了。主要是不能便宜了外人，水银，就得握在我们自己人手里。"

沈一毛还在说着，结果方友已经撂下一句"对不住了"，转身直接向屋门走去。

"喂！方友！你别不识抬举。你不过就是个收钱卖命的打手，你……"沈一毛急得差点儿把手里的银镯子给扔出去。大喊大叫下，那个瘦高个率先冲了进来，其余家丁随后纷纷拔刀冲入，迅速把方友围住。

方友没有拔刀，只是微微把右手向后背了背，七个人全都不自觉地后退了半步。

沈一毛当然也知道方友的厉害，赶紧喊七个人退下去，并缓和下来笑吟吟地说："方大侠再考虑考虑，不急的不急的。你们都赶紧给我滚开，别挡着方大侠的路啊。方大侠，请。"

"呵，请。"方友说着，大步流星扬长而去。

四

"三元老爹，有没有冰水喝啊？热死了。"

"出门右转，自己到井里打去。"

"冷漠。"

方友这样说着，但根本没有行动，仍旧坐在那位被称为"三元老爹"的干瘦老头儿身边，目不转睛地盯着老爹手里自己的那把短刀。

这位三元老爹，东湖镇有名的铁匠，可以说也是方友在这里少之又少的一位能随便坐下来说得上话的人。或许是因为他是个侗人而非苗人，对方友自然没有那么强的排外情绪，当然真正结缘更是因为方友的短刀。常年来，三元老爹一直尽心尽责地帮方友维护着刀，方友也自然干什么都会想着点儿老爹，比如说他现在戴着的这副目镜，就是前段时间从来的一拨洋商人那弄来的。封闭式镜框，用皮带绑在头上，完全保护住了总要受火炉和铁水熏烤的眼睛。刚拿到目镜时，三元老爹嘴上嫌弃地说着"洋人的破烂玩意不稀罕"，却喜欢得不得了，据说连睡觉都舍不得摘下来。

三元老爹拿着短刀看了又看，就像在研究鲁班锁一样，结果把目镜都从眼前摘下来，套在头发稀疏的前额上了。

"这家伙像是在闹情绪。闹情绪老朽可管不了。"

"它还能有情绪？"

"嗯……"三元老爹沉吟片刻,"反正哪不对劲,不是修的问题。"

随后,老爹把刀还给了方友。

"哪有说不管就不管的道理。"方友嘴上反抗着,但刀已经插回到腰后的刀鞘里。

"挺锋利的,刀刃也没卷,不用磨了,没什么大不了的问题,不影响用。"

"从上次到现在中间都没用过,要是卷了,那才是真有鬼。"

"就你话多。"三元老爹揉着眼睛说,"对了,过来看看老朽的新玩意。"

三元老爹忽然又有了精神,把搭在脖子上的毛巾一揪,胡乱地擦了擦脸上脖子上的汗,迈着老人的步子,离开了火炉,走出红彤彤火光的范围,撩开布帘,去了打铁铺后院。

方友跟了过去,正是一轮圆月照得后院银白,看到老人佝偻着腰站在一座像是铁炉子似的东西旁边。

"这东西叫'锅炉蒸汽机'。"老人拍了拍那个铁疙瘩,"就跟我们的蒸锅一样,里面灌上水,水烧成汽,汽不跑出去,聚多了什么都能推得动。洋人的玩意,聪明啊。老朽跟大小火炉子打了一辈子交道,怎么从来没想到可以这么用?"

看着这台黑黢黢的像个伸着一根长长胳膊的洗澡桶一样的锅炉蒸汽机,方友本来摆出一副见怪不怪讨人厌的表情,但转念一想,忽然惊讶起来。

"老爹,这玩意难道是你自己造的?"

"怎么可能,老朽哪有这体力?叫了我三个徒弟一起弄的。"

"那不还是一样！你这老头儿未免太……"

"老朽我啊，最近把洋人那些玩意，能研究到的全都研究了一遍。"

"你竟然会洋文？！"

"呵！你也太抬举老朽我了，都是小梭帮着翻译的。"

不过，此时的方友已经若有所思地走到了锅炉蒸汽机前面，借着月光上上下下每个衔接点、每个部件地看，嘀咕着："洋人居然能弄出原理一模一样的东西来……"

"什么？"三元老爹听到了方友嘀咕，不由得问了一声。

"呃，没什么没什么，老爹您是真了不起啊。"

"少跟我这儿假情假意，结果这东西造出来不知道怎么用，说用来磨刀吧，力道了角度了都不对。"

三元老爹滔滔不绝起来，这是他最爱的领域，有着说不完的话题。不过，他说着说着大概也察觉到自己太投入了，就此打住，沉吟片刻，看了看方友，语重心长起来，说："我说，你啊，什么时候再去看看小梭啊。"

听三元老爹这么一说，方友一下跳起脚来，说："你这老头儿不是疯了就是打铁打傻了。天底下哪有把自己亲孙女往我这种人身上赶的？！"

"你这种人怎么了？不就是穿衣服品位差了点儿？"三元老爹不依不饶地说，"我看哪儿都挺好。我孙女怎么就配不上你了？"

"没有的事。唉，算了，跟你个老头子也说不明白。刀也不给我修，算我白来一趟。"

方友说完，甩手就走。

三元老爹立刻急着向方友喊："最近他们学校总有鬼鬼祟祟的汉人在

附近出没,小梭要是有个三长两短,就都是你的错!你这辈子都甭来找老朽,老朽发誓永世不给你修刀。"

方友没有回应,已经出了三元铁铺。只是出了铁铺,方友还是直奔小梭的学校而去。

说到底,三元老爹的话,方友还是听进去了,再加上这两天遇见的事,汉人也好,洋人也好,水银公司也好,代土司公子也好,还有自己的刀说不上来的异常,再想到小梭,似乎都串到了一起,多少有些担心起来。

五

先说说刀的问题。

近些天来,方友的短刀都在半夜,特别是所有人都入睡之后,发出"嗡嗡咔咔"的声音。到底是不是刀发出来的声音,实话说方友也并不清楚。每次都是被吵醒,再去找声源,却只能听到破棚屋外面的青蛙乱叫,和一潭死水的微微波浪。再看短刀,安静如磐石。这要是那些附庸风雅的汉人来解释,就是杀人凶器的悲鸣,可是像方友这种只认现实存在的家伙,当然没那种雅兴。可是又如何来解释?要是乐器了木柜了,可以说是受潮膨胀,但一把刀,怎么可能变形,还发出声音?折腾了几天下来,方友没了办法,只好来求助三元老爹。

到头来，啥也没解决……方友一边赶路一边心里抱怨着。

三元老爹的孙女小梭就读的学校离东湖镇的核心区域还略有点儿距离，几乎要到远处的半山腰。学校名字没什么特别，直接叫了"东湖中学"，是一位英国传教士不远万里跑到这么个边远山区，自掏腰包建起来的。经历了不少恐怖的教案洗礼之后，东湖中学竟还能屹立不倒，也可见那位传教士的韧性和博爱的精神。幸亏是一所教会中学，使得在这么一个地方，女孩子也还能有学可上。

不过，现在……

这何止是有几个鬼鬼祟祟的汉人啊？！已经赶到东湖中学的方友，看着眼前的景象不由得倒吸口气。在东湖中学外面，已经围了一圈的人，全是头顶上盘着辫的汉人。这些家伙全都带着兵器，有刀有棍，各个短衫绑腿，打手的样子。在这些打手之中，穿插了三个洋人，洋人个子高出去很多，在人群中相当显眼。三个洋人都背着一柄射程和杀伤力都相当了得的长筒洋枪，分别在几个汉人身边朝着学校内指指点点，像是在部署着什么。在听洋人说话的，其中一个不是打手打扮，穿着西装，像模像样。就算远远望去，也能一眼认出，是那个英法水银公司华经理刘能。

果然是他们……方友没再多想，先是悄悄移步绕到东湖中学背面去看看。

学校背面同样已被包围。

这么大的声势，闹什么呢？

方友躲在阴影里皱着眉头向着学校里望去。校舍多是平房，但因为是传教士所建，自然有教会的塔楼建筑。依稀可以看见高高的塔楼顶的窗里，那位历经风霜的传教士正愁眉苦脸、举足无措地往下看着校外的

情形。

今晚的月光太亮,根本没有机会潜行进去。方友想着,只好又悄悄退远。

没必要现在发生正面冲突,看现在的情况,他们也才刚刚调兵过来,今晚应该不会……

方友正盘算着接下来怎么办,突然听到塔楼上一声枪响。

划破长空。

沉不住气啊!正打算先退出去打听情况的方友,看了一眼塔楼上伸出的洋枪,咧着嘴皱起眉头。

这声枪响,看似在警示校外的人,但适得其反,成了一声号令一般。突然间,校外沸腾起来,所有的汉人打手全都号叫着,有的翻墙,有的踹门,分分钟大举杀入。就算是有听到那几个洋人大喊着呵止的洋话,也根本无济于事,整个场面完全失控。塔楼上,急匆匆又是一声枪响,于事无补。

考虑不了太多,方友立刻从阴影里冲出,一把抓住一个打手,又拖回到阴影下。单手锁住他的胳膊,短刀已经驾到了他的脖子上。

"为什么要往学校里杀?"方友语气平静。

这人却根本没有回答,试图挣扎,"啊"地大叫了半声,方友毫不犹豫,割断了他的喉咙。

再冲出去,同样的方法,又锁住一个回到阴影里。

"不要耍滑头,"方友让那人看了一眼方才的尸体,"不然同样下场。"

"大侠饶命!"

"说，你们这是在干什么？为什么要往学校里杀？"

"大、大侠……我们也是被雇来的，饶命啊。"

塔楼上的枪声再响，下面的人喊杀的声音更凶了。幸好没有听到校外有枪声传出，也没听到除那些打手的叫喊声以外的尖叫声或者厮杀声。

"快说！"刀刃已经在他喉咙上割出一道血痕。

"洋、洋人们想征用这个学校。"

"征用？学校？干吗用？"

"这……"

方友没有出声，只是把刀刃又向下压了一点点。

"啊！大侠饶命！我都说。洋人们只是想征用这个学校，改成水银开采冶炼专门学校而已啊。"

方友把那人的脑袋向已经开始乱成一团的校门口扭了扭，没有说话，但意思已经传达得非常清楚——只是征用有必要闹成这样？

"我们也不想啊！这学校不也是个洋人在管吗，洋人和洋人沟通，还以为能容易得多。我们头儿的如意算盘啊，全让这学校那个顽固老头儿给打碎了。结果、结果洋老爷急了，说要来吓唬吓唬那个英国老头儿，谁知道那倔老头儿，居然放枪……"

大概情况明白了，想想也是合情合理，水银开采需要大量的劳工，又不可能每开一个新矿就从内地调一批熟练的劳工过来，在当地速成才是节能选择。或许在别的地方，他们会自己买几间破房，搭上围墙，就成了学校。但东湖镇刚好有现成的学校，又是教会学校，不用说校舍了，甚至连师资都七七八八的是现成的。全盘接管，何乐而不为？

"滚吧！"

方友松开了手,那人立刻往外跑。但方友立刻又把他给捞了回来,低声一喝:"往哪边滚呢?!"

那人一看,刚才自己提着刀又要往学校方向去,吓得赶紧磕头认错,连滚带爬地往方友背后的树林跑掉了。

水银公司的人势不可挡,但貌似气势过强,已经在须臾之间占领了东湖中学,学校内外逐渐平静,没了刚才沸腾的杀气。

方才那家伙所言应该不会有什么问题,这样想来,至少今晚还会比较缓和,再加上对手人数众多,还有洋枪,就算现在单枪匹马杀上去,白白送命不说,还会激化矛盾,弄巧成拙。

"回去睡觉,散了散了,不知死活的玩意。"方友嘀咕着,赶着围自己乱转的蚊群如好热闹的人群一样,离开了东湖中学。

既然已经到了这个地步,干脆将计就计向前推一把看了。只要这些……别让三元老爹知道就行……

六

假意,一切都只是假意。

第二天一大早,方友就跑去代土司宅邸去搬救兵了。假意搬来的救兵,还冠以美名:东湖治安纠察队。而队长,正是那日去找方友的瘦高个领头。

往东湖中学赶去的路上,方友多少和那个瘦高个搭上了话。瘦高个过于冷漠,但至少告诉了他自己名叫黄平,但仅此而已,他的苗名为何,并未提及。不过,那也无所谓了,交集皆是从无关紧要的名字开始。

他这次腰后交叉佩戴了双刀,都是苗人的弯刀,再看他急行的身法和在沈家做护卫家丁的地位,就算不说自己的武学流派,也能看出大概正是本地有名的望月刀法的双刀流。恐怕是个一等一的高手,总之应该是比自己这套全靠本能的野狐禅刀法强多了。这回能帮上大忙,以后……恐怕是个相当棘手的对手。

黄平带的一队人大概有20人,实际上要比昨晚看到的水银公司的人少了不少。即将发生的冲突,有几分胜算,方友心中当然没个准儿。

不过……

一队人刚刚抵达东湖中学门口,把守在校门口的水银公司打手就看到了。沈家人黑衣黑裤牛角刺绣实在太容易辨识,也就怪不得水银公司的人见到后立刻叫喊着冲杀过来。

看来他们之间本身就积怨不少啊。还没等方友说上一句半句,他们就已经开战。

真是一群根本不需要推就能按计划运转起来的家伙。

水银公司的打手也不算弱,各个拿着棍棒刀剑打得像模像样。但黄平只是轻描淡写一般,迈开步子双手一挥,就倒下两个。割草一样,连兵刃格挡的声音都没有,刀刀入肉,三下两下进了校园。

方友自然没有冲在前面,但黄平的一举一动、一招一式都看在了眼里,自己掂量着这样的对手的恐怖。

从校舍里又杀出一拨手持朴刀长枪的打手。这些相对于外面只是拿把单刀砍刀的人来说,确实麻烦了一些。不过,因为想近距离研究一下黄平

的功夫，方友也不知不觉到了纠察队最前端。

如入无人之境的黄平，看到方友一直只是在刀枪剑影之间散步，连短刀都没拔出来，气得没了一如既往的冷静，喊道："这么多敌人，你倒是帮点儿忙啊！"

方友单手捂嘴，像是大吃一惊一样，连连说"是"。"都怪我，都怪我疏忽了，在下这就开始帮忙，看我的'摸鱼拳法'。"

一个壮汉正举着朴刀向说着闲话的方友猛砍过来，方友只是一弯腰，把两腿的裤腿向上卷了卷，顺便就躲开了那看似致命的一劈。

"摸鱼就要有摸鱼的样子嘛。"

卷好裤腿的方友，脚步一滑，早就与那壮汉重新保持了安全距离，并向壮汉轻拍双手张开双臂，像是等待他的拥抱。

壮汉如同斗牛场上的公牛，怒火冲天，再次举起朴刀，纵向砍来。刀带着沉重的风声扑向方友，方友却只是轻巧地看准时机，向侧面一个滑步，又躲开了劈头盖脸的一下，同时嘴里唱了起来："一网不捞鱼。"

"够了！"黄平不耐烦地又砍杀了一个人之后喊道。

被吼的方友哦哦哦地应着，但就是不拔刀，只是顺势又一扭腰躲开了那壮汉劈来的第三刀，同时弯下腰来，双手向前一抱，正抓到壮汉朴刀挥空收不回来的空档，抱住了他的右腿。

"送你！"方友抱紧壮汉，马步扎稳，腰部一用力，直接把壮汉甩了起来，抛向了黄平。

正巧是黄平刚砍倒一人的空隙，见从天飞来一个手持朴刀的壮汉，皱了皱眉，侧身挑刀，砍开了他的胸膛。

砍完之后的黄平，正要再骂点儿什么解气，突然就听学校的塔楼顶上一声枪响。

"统统住手!"枪声后,塔楼上嘹亮的声音喊道。

应该还是枪响起的作用,就算是黄平的小队,也一下停了下来,纷纷看向塔楼顶。

"代土司派兵来杀我们的人,是不是应该给个说法?"

是刘能的声音。看了看塔楼,他还是一身装模作样的西装,身边则是一个将长筒洋枪架在窗口的侍从,枪口指向着黄平、方友的方向。

"扰乱治安,毁我财物,当诛!"黄平向塔楼喊道。

"诛?"刘能突然笑了起来,"有洋人在,你们也敢诛?"

"在东湖镇,一视同仁。"

"大言不惭!你诛诛看你们沈家主子。"

"强词夺理!"

"开枪!"刘能没再给黄平一点儿时间,一声令下,窗口的洋枪已然喷出火蛇。一名黄平的队员应声倒地。再看刘能,向枪手骂了几句,虽然听不见说些什么,但显然是在骂枪手为什么没有直接击毙领头的黄平。

黄平见自己兄弟被击毙,怒从中来,双刀左右敞开,大吼一声就向塔楼冲去。此时,方友立刻一个跨步,还是刚才的摸鱼拳法,一把抱住了几乎失去理智的黄平的腰,腰背腿齐用力,把黄平甩到了一边。与此同时,枪声再鸣,一发子弹击穿了正要同样侧身躲闪的方友的左肩。

"冷静一点儿!"方友向在空中一个跟头稳稳着陆的黄平吼。

黄平见方友为了救自己已经负伤,多少表现出了歉意。

没有给他们再多喘息的时间,枪声再响,但两名高手早已有所准备,一左一右闪开,子弹打空。在此时,两人不需再多言语,立刻极为默契地

向塔楼冲去。

一杆洋枪，对付两名高手，完全无济于事，就在上膛的间歇，两人已经杀离枪所能射击的角度，进了塔楼。

塔楼中倒还有打手把守，但就算方友只有独臂，这些打手也照样挡不住两人。分分钟已经杀得片甲不留，上到了塔楼的顶层。

枪手解决了，刘能却早不见踪影。

控制下塔楼，基本等同于夺回了东湖中学。黄平在塔楼上放了一枪，喊了喊话，校园中原本还在厮杀的水银公司打手，便都纷纷缴械投降，不再抵抗。

"你为什么不拔刀？"终于平息后，黄平严肃地问方友。

"哎呀，校长呢？"

方友打着岔，揪起刚才被制服的枪手，继续拷问。

"看不起我所以不拔刀？"

已经问出校长被关的地方，方友捂着还在淌血的左肩，回头苦笑地说："哪敢啊？"

"哼，自负自大的家伙，我早晚会把你砍了。"

"救人要紧……"方友已经走到了顶楼房间的门口。

"喂。"黄平又喊了一声。

方友不得不回头来看，正见黄平丢过来一个小瓶。

"止血散。"

"谢了。"方友接住药瓶，微微笑了一下，出了房间。

七

"小梭……"找到那位学校校长——英国老头儿后,老头儿便急匆匆用蹩脚的汉语和方友说,"小梭她……"

方友有股不祥的预感。

"那个叫刘能的,很有些手段,他……"校长用着英国老头儿惯有的慢条斯理的语调说着,"他很懂得利用各方利害实现自己的目的。"

"快说!小梭她怎么了?"方友有些焦急。

"来这里之前,刘能已经查清了所有,所以……他当机立断把小梭给……掳走了。"

听到"掳走"二字,方友瞪起双眼,瞪得比自己中弹时还要圆。

"为什么偏偏是小梭!"

方友说出来以后,自己就意识到了原因。大概坏就坏在昨晚放走的那个水银公司的打手上。他必然是向刘能报告了当晚的事情,刘能知道自己掺和进来,便捷足先登地找上了小梭。

"可恶……"方友咬着牙,"掳到哪去了,您可知道?"

"水银公司。刘能是这样告诉我的,让我原封不动转告于你。"

"还有什么别的要转告我的吗?"

"有,叫你明晚七时一人赴约,说是想和你单独谈谈心。"

倒是正合我意,方才不知道情况火急火燎的情绪迅速被压下。

"过来,我给你重新包扎一下。这么弄不是事。"英国老头儿虚弱地把方友拉到身边,拆开胡乱裹在他左臂上的破布条,"你们啊,什么都不懂,这么扎,血液流通不了,没准一条胳膊都废了。"又取了新布,为他重新包扎:"自以为是。老夫来你们大清国也有三十多年了,什么暴民乱世没见过,你们……"

方友听得不耐烦,见胳膊也包好,就像挣脱老爸一样,甩了甩手,说了声"您自己也多保重",就走了。

校园内,早就恢复平静。沈家的人也好,水银公司的人也罢,都已经撤离。院子里有的只是一片狼藉,没有学生敢出来清理。时间已经又近傍晚,东湖镇的夏日阳光一直明媚,校园外蝉鸣起伏,方友自傍晚烈阳下,从尸体和残肢断臂之间徐徐走出,或许因为负伤,多少有些疲惫,身影拖得狭长。

待到方友走回东湖镇中心地段,一轮不太圆的圆月已经挂在天空。东湖镇里和往常别无两样,就像根本没听到过远处山脚下东湖中学的枪声一样。湖边街道还是闹市一般,摆满了夜市摊位,叫卖声、杀价声、争吵声萦绕。只是方友缓缓从人群中走过时,多少会引起小范围的骚动,谁也不愿意和这样一个半身血迹、浑身臭气的家伙离得太近,避之不及,互相推搡。

沿街继续走,逐渐听到了芦笙的声音,隐隐还有歌舞声。

方友缓缓从熙攘人群中走到了街道中间的那座侗人鼓楼前。

侗人鼓楼实际上非常有特点:木结构塔型建筑,在丹寨地区的侗人鼓楼都是无封板形式。塔的每一层都只有檐没有封板,就算最底层,也只是六根柱子镂空地支起整座鼓楼。这样的建筑结构,如果在鼓楼底层,敲鼓也好,讲话也罢,声音都能靠通透拢音的结构扩到全镇。

侗人们没有在鼓楼内部,而是围在鼓楼一周,吹着芦笙,跳着苗人的锦鸡舞,却唱着自己的赞歌。

方友走到鼓楼广场边的一个小酒铺,徐徐坐在临街的板凳上,要了一壶糯米酒。

这些侗人,夜夜如此,真是一点儿不知长进。

只有等了,静静地耐心地等。

月已经爬到鼓楼顶空,这一晚的侗人们终于累了,困了,口渴了,厌倦了,停下了舞步,放下了芦笙,一言不发,分头散了。

侗人们散去,广场也好,街道也罢,全都渐渐静下。方才的夜市早已收摊,就连方友在的小酒铺也都打烊。家家户户上了门板,只有一轮明月照得静寂街道一片霜白。

"好了。"

在高大的鼓楼下面静坐等待这一时刻的方友,站了起来。走到了鼓楼底层,正中央的火塘旁边。仰头看看火塘正对的贯穿整座鼓楼却不落地的雷公柱,就这样开始低声吟唱起语义和音调都意味不明的咒文。方友吟唱得短促有力,而其声音几乎不是这个人间所有。声音十分低沉,但或多或少已经被鼓楼传送到了整个东湖镇三百户人家的梦境之中。

咒文吟唱完毕,那个火塘发出了只有洋人的蒸汽火车才会有的机械咬合运转声,一道洞口,在火塘内缓缓打开。洞内漆黑一片,方友纵身跃入。

朝阳明媚,东湖镇在淡淡雾气中苏醒。

最先出来的,除了那些上田劳作的农户,也就是早餐铺子了。一个生龙活虎的人影,正在赤红的朝阳下,朝着自己喜欢的早点摊走去了。

吃饱了早点的方友,又叫了一大壶茶,喝了个痛快。

打着饱嗝擦了擦嘴角的油,方友没有去找三元老爹,并不想让老爹空着急。反正事情今晚肯定就能做个了结了,到时候还给他全须全尾的小梭就好。

虽然东湖镇还没有贵阳府那种大自鸣钟建筑,不能随时知道当下是洋人的几点钟,但怎么说都还离晚上七时远得很。日头还没爬过巳时。

起得太早,不小心让这一天变得过于漫长。

去不了三元老爹那里,去东湖中学也并不是什么明智选择,甚至在大街上走动或许都有所不妥。无论是水银公司的人撞见自己,还是代土司沈家的人撞见,都只能平添不必要的麻烦。回自己那间破屋里躺着?还到不了晚上七时,就已经被无聊闷死了。

干脆……

方友大步走到东湖湖边,沿岸看了看,很快找到一艘小船。干脆到东湖上划划船,渡过这漫长的一天算了。

小船是湖边一户的。这户人家本来是渔民,不过近些年东湖里已经没什么可捕的鱼了,也就只好弃了渔业,养些斗鸡,开个斗鸡场勉强过活。

方友塞了点儿钱给小船家,直接跳上了船,检查了一下船的外板是否完好,就拿起桨划上了湖面。

东湖的湖面,没有炸山的震动时,是平静的。平静到桨打到湖水里,都觉得破坏了它的安宁。当然,与其说是"安宁",不如说是"死寂"。就算英法水银公司还没涉足这里,开采水银的矿场也已经在沈家的掌控下运营了十多年。那种无度无序的开采方式，早就让这潭湖水死透。

连鱼都没有的湖，当然是最安静的。

这个时候，要是有人往东湖上看，大概会觉得新奇，多少年没见过的景象，一叶孤舟，静悄悄远去。

艳阳高照，已过午时，方友却一点儿没有避开烈日上岸避暑的打算，只是继续划着小船，向远离东湖镇的山边而去。

对方有枪。

有多少杆枪并不清楚，但他们的枪，射程和杀伤还有射速，都远比曾经见过的所有火枪要强。洋人的东西，到头来还是比我们的强。还有三元老爹弄出来的那个锅炉蒸汽机……

如果真要正面冲突，尽可能引到室内为好，至少不会再出现像昨天那种被远程射击的局面。而且室内空间狭小，找掩蔽物也容易一些，并且更有可能在两发子弹之间的空隙时间迅速靠近枪手制敌。

不过，再怎么计划，都还是棘手得很，况且他们手中还有小梭这步棋。

方友不由得皱了皱眉，再抬头已然到了东湖的尽头。继续往前，就是湖的源头山涧。山涧两边，一边郁郁葱葱满是参天大树的丛林，另一边却已经秃了一半，有的是被火药炸开的痕迹。而英法水银公司的东湖矿址，便在于此。

该上岸了。

有些口渴的方友，缓缓地不让船发出一点儿声音地靠近了光秃秃的一边。

八

通往英法水银公司有两条路。

一条是自十几年前这座山已经开矿时,为了运炼出来的水银去贵阳府,转铺出来,先通过东湖镇再去往贵阳府的马路。这条水银之路,虽然上了年头,但当时修建用心,除了两边的杂草滋生严重以外,基本上照样能走得了马车驼队。从而直到现在洋人来了,照样还在沿用该路。

另一条路,估计就连已经开矿的洋人们来说,都未必清楚。

在东湖镇生活了这么久,方友把周遭的情况早就摸了个透。从东湖湖畔通往英法水银公司东湖矿址,有一条小径。或者说,称其为"小径"都有些高抬了。从湖边上岸,要爬到山涧峭壁上,那里有一个溶洞。溶洞不算深邃,钻过半个山脚就能找洞口出来。出来以后是荆棘杂草丛,确实难走得很,而且苗人的地方,草丛中毒蛇也好,养的蛊也罢,可以说是危险重重,几乎每一步都是致命的。但所谓致命只是对普通人而言,对于方友来说,这些毒物只有致对方命的可能。

不过,方友并不想在此引来太多无谓的麻烦,况且荆棘不致命却很恼人,从而出了溶洞,就地捡起一根长短适中的木棍,拨开荆棘打着草向前走。

走不了多远,还在半山腰上,就已经能看到夹在山间的水银矿。

不得不说洋人确实有一套。这个矿址存在于此有几十年了，但从来没有像现在这样有规模，这么……方友想了好久，才终于找到了一个极为前沿的词汇来形容——工业化。

整个水银矿在方友所处的半山腰望去，几乎是一目了然，地形并不复杂。

矿区内，是灰砖砌成的有着高高的烟囱的冶炼厂房。厂房的大门同样紧闭，无人出入。厂房边上还有一排简陋平房，大概是供工人夜宿，同样都是门窗紧闭。

矿区一边就依着山了。依山炸开的矿洞，要比以前任何一家掌管此处时都要巨大。矿洞洞口有粗犷结实的木架支撑，有洋人铁路一样的轨道从外场直通矿洞内部。外场轨道尽头，停着几辆四轮轨道车，轨道车只有一个装矿石的斗箱。

平日里，大概会有些工人，推着这样的斗车进进出出那个深邃的矿洞，但今天整个矿区都寂静无人。

这是根本没有工人上工呢？还是专为自己的到来而停工一天呢？

可还真是有点儿荣幸了……

就在方友无聊地自己打趣自己的时候，忽然间看到矿洞山上，远远的，在丛林的树梢后面，隐约有什么东西。

方友望着远处，心中多少有些不安。那是什么其实多少已经猜到，但还是想确认一下。方友只好离开了现在所在的观察点，重新往山上爬了爬，寻找着能看到那东西面目的角度。

果然……

方友往山上爬了爬，越过茂密的树梢，终于看到了。正如方友所预

料,在丛林里,水银矿洞深处的上方,已经出现了一座侗人鼓楼。

短刀的问题得以解释了,果然这些洋人用了新的技术,把水银矿挖到了不能碰的地方,或者说是他们不该去碰,不该知道的地方,而短刀,发出了警示。

幸好没有叫黄平来帮忙,不然事情会发展得更加棘手。

方友心有余悸地想着自己到底能不能打得过那个双刀黄平,拿着那根木棍拨开着荆棘再次下了山。这一次,是去到现场与刘能会面的时间了。

"方大侠,您可是来得早了点儿啊。"

方友从正门进水银矿场,迎面正站着那个永远穿着一套西装的刘能。刘能除了脸和辫子还有个头以外,穿着、动作,甚至连表情都和洋人一模一样,只是那样的表情在他的脸上出现,只让人觉得厌恶。

刘能轻轻鼓掌,缓步向前,迎接方友。

硕大的矿区,只有夕阳红光,静得连傍晚的鸟叫声都没有了。令人讨厌的气氛。

"我没有那种洋表,谁知道到底是你们的几点钟?"方友的"你们"二字特意加重说出。

刘能远远地上下打量了一下他,笑了笑,说:"方大侠这是去哪练功了?从镇子到咱们这儿,没有荆棘路吧?"

方友低下头看了看自己心爱的蓝布蜡染褂子,下摆划破了好几道口子,布脱线得厉害,如同下摆有了半扇的流苏,笑嘻嘻地说:"啧,可真是麻烦了。在下最近手头紧,没钱买新褂子。刘经理,您说这可如何是好?"

"本来能有钱赚的,还不是你自己不想要。"

"往事别提，在下后悔啊！现在反悔还来得及吗？"

刘能笑脸严肃起来，说："如果方大侠愿意来敝司就职，我们当然是双手赞成，顺便可以给方大侠专门定制一身敝司制服。"

"不行不行！"方友用力摆手，"你们这种衣服，连花纹都没有，谁要穿。"

"那就没办法了。敝司确实还是希望能有方大侠这种大才加盟，只可惜酬劳嘛……"刘能撇着嘴，耸着肩，忽然嘿嘿嘿地笑了起来，"其实远比方大侠当初开出的每天30块银元还要高呢。"

方友把"哦"的声音拉得很长，同时向前走了几步，刘能警觉地跟着向后退几步，保持着方才的距离。方友把双手插入怀里，一副若无其事的样子，迅速偷眼把几个可能安排枪手的制高点都扫了一下。果然有埋伏。冶炼厂房顶层最左边和中间的窗内各有一个；工人的住宿窝棚顶上，也爬上来一个；远处矿洞洞口，同样有埋伏。全都是手持洋枪，不好对付。

两人僵持了片刻，刘能微微一笑，率先打破僵局，说："大侠还是信不过我。那我就直说我们开给大侠的条件吧。小梭，对吧。小梭真的是个好孩子，人又漂亮又聪明，还能说流利的英语，太让我大吃一惊了。"

"看来堂堂洋人公司华经理，也喜欢我们家小梭？既然这么喜欢她，不妨叫她出来，咱仨一起谈谈心，岂不快哉。"

"不急，小梭姑娘就在那边工棚里，外面这么热，先让她休息休息。"

是不是在那里还不好说。

夕阳赤红地照在方友背上。方友看到自己的影子拉得足够长了，测算了一下。光线角度很好，至少能炫目到一半的枪手，而另一半只要移动角度好，也能靠刺眼阳光掩护。或许能有胜算。

"好，先说条件吧。"

"爽快。还是要说小梭那孩子。她天资聪颖，是个人才，只要你愿意为我们英法水银公司卖力，我们不仅会放了她，还愿意把她送到我们开设的洋学里去教育培养她。怎么样，能让她近距离地全方位地接触洋人的科学，是不是远比每天30块的报酬诱人得多？是不是已经动心？"

"我看你们只是想换个方式继续软禁她，来控制我。"

"看你说的，怎么这么不通人情。"

"不妨说说看，你们大费周折把我弄来，我这样一介武夫，到底能做什么？"

"方大侠，你可真是装傻好手。"刘能说着，有意地往矿洞内看了看。

想到山上冒出来的那栋侗人鼓楼，看来他们在开矿中真的碰到那家伙了……营救计划恐怕不得不改变一下。

"好吧，我加入。"方友若无其事地回应了刘能。

九

"小梭在哪？"

"别急，既然你已经是我们公司的一员，最好要先为公司利益着想。"

在没有看到小梭之前，刘能叫出三名枪手一起，和方友走到了矿洞洞口。

三名枪手分别是从冶炼厂房和工人窝棚过来，也就是说，在高点上的射击点都已经撤掉来到自己身边。方友心中一笑，这大概是刘能布局中的致命失误，或者说是他对枪这种洋人的武器太过自信，使得洋枪在他眼里几乎等同于无敌，等同于为所欲为了。

"三把洋枪指着我后脑勺，这也是贵司对待新员工的礼节？"方友不满地说道。

"看你说的，言重了，言重了啊。方大侠也应该知道吧，这水银矿洞里，深处……哦对，水银矿倒是自古有之，在你们这些本地人，苗人也好，侗人也好，还是以前土司的奴隶们也好，也是开采了相当年头了。可直到我们来了，还用上了洋人的那套学问，把这个矿开得比你们一百多年来累积挖出来的还要深，还要远。然后……我们挖到了什么地方，想必方大侠应该比我们还要清楚得多。没有几杆洋枪在手，谁还敢进去？"

"原来你们的如意算盘是这么打的，合着就是叫我一个人进去送死？"

"方大侠进去怎么可能是送死？你左肩的枪伤，只是一晚上就能神奇地愈合，这等神功，怎么可能会有送死一说？"

"疼得要死，哪里愈合！要不要看，伤口都要生蛆了。"

说着方友就要扯开衣襟给刘能看。刘能赶紧摆手，假意害怕，不敢细看。

"方大侠真是太爱说笑。天也快黑了，事不宜迟，还是请方大侠先帮我走一趟。"

看来想先见一眼小梭是不太可能了。况且这个刘能狡猾得很，说话深思熟虑，很难再敲出更多信息，不如转战其他人来打探。

"好好好，我方友说一不二，那就走上一趟看看了。"

刘能微笑着为突然勇敢起来的方友鼓了鼓掌。

"带路吧,三位壮士。"方友回头和三个枪手说道。

三个枪手忽然有些不知所措,或许他们一直以为自己的任务是只要拿着洋枪吓唬住敌人即可,完全没想到居然还要再进那个矿洞一次,吓得他们连连后退,甚至连枪口都纷纷偏离了方友的身躯。这样的举动,着实吓到了刘能。刘能决不允许手下犯出如此错误,立即狂骂了他们几句,递给其中一个人一盏煤油灯,连打带踹,把他们统统轰入了矿洞之中。

渐行渐远,再回头,已然看不到洞口皎洁的月光。

"哥儿几个,我说这里面到底有什么鬼怪不成?"

"鬼怪?"负责在方友身后用枪抵着他的枪手没好气地回了一句,"我跟你说,要是鬼怪倒好了!"

"好你个屁啊。"另一个侧翼协助的枪手立即反驳。

现在只有一个沉默不语,看上去还算淡定。

"在下又不懂了,这世上还能有比鬼怪还可怕的东西?"

"可怕,当然更可怕了。"

"啊?在下见识短浅,真是无能想象,恳请三位指点迷津。"

"不知道他见没见过洋人的蒸汽火车。"

方友假装满脸疑惑地看着发话的身旁的枪手,顺便还看到负责在另一侧提煤油灯照明的枪手,他根本不是淡定,而是早就被吓坏,脸苍白得就算橙黄色煤油灯灯光也掩饰不了。

"乡巴佬怎么可能见过火车?"身后枪手轻蔑地笑了起来。

"那我也不知道该拿什么东西来比较了。反正,"身旁枪手是个大嗓门,说起话来聒噪得很,"反正就是那种只要你见上一眼就能被吓得四肢发软束手就擒。"

"在下没见过什么火车，水车、风车倒是见得多些。"

"看，我就说乡巴佬没见过火车吧。"

"那就怪了。"

"有什么怪的？"身旁枪手问道。

"怪就怪在，既然这矿洞里有那么恐怖的东西在，为什么你们还要坚持在这里开矿？我看外面那个冶炼厂房和工人窝棚的规模，可是要决心在这里安营扎寨了。"

"废话！"身后枪手迫不及待地骂着接话，"那东西可怕是可怕，但它能直接产水银啊。它流出来的就是……"

身后枪手还没说完，身旁枪手已经发现他太多话，立刻一脚踢中他小腿，制止了他。

"就你废话多！看好了这家伙，别的不许说了。"

隧道中，只剩下了零乱的脚步声，没了人说话。

这矿洞隧道果然挖得够深，走了有两刻钟的时间，曲折蜿蜒地已然走过了不下七八个岔路口。今日水银矿没有开工，自然也没有穿梭的矿工，隧道中没有固定照明，四人全靠走在最前面的枪手所提的煤油灯。浑浑噩噩，三个枪手每到一个岔路口，都要嘀咕几句，怕走错路。幸好，在岔路口都有他们所认识的标识指示，拿煤油灯照清楚，大概也不会走错。况且，实际上大体的方向，方友早有预想，带路的一直也没有走偏。

"我说，"方友见气氛又冷却得差不多，便再次开口，"你们那些洋老爷们，难道也钻这种黑黢黢隧道？"

"想得倒美！他们要是钻过，就绝不会让人再进来了。除非他们心已

经黑透。"

"呸！洋人的心都是黑的。"

"所以洋老爷们进来没进来过？"方友趁机追问。

"废话！洋老爷连膝盖都不会弯，他们能跟我们一样猫着腰钻洞吗？长点儿脑子。"

方友不气不恼地嘿嘿地笑着说："我就说啊，在我们东湖镇连一个你们的洋老爷影儿都没见着。"

"就那个穷镇子，洋老爷根本连去都不惜得去。还想请他们来矿上？丢不丢人。"

很好，看来见过下面的人，只有刘能这个通事以及他的手下。还有补救的可能。

除了提灯的还是脸色苍白地走在最前面，另外两个你一言他一语地奚落起方友以及东湖镇。

"头儿说只有这个蛮子能控制得了那怪物，简直可笑。我看头儿就是急疯了，再不出产水银，他估计就等着卷铺盖回家吧。"

"怎么着？他回家了，你补缺？"

"嘿！你别说，我啊还真没准……"

"少他妈的说闲话了！认真走路，前面就到了。"

前面确实就到了，漆黑漫长的隧道终于走到了尽头，尽头是一道不合时宜的墓穴入口一样的石门。看到那道石门，提灯的枪手把煤油灯塞到了方友手里，举起枪，也站到了他身后，要他拿着灯去开石门。

"你们害怕的怪物就在这石门后面？"

三个枪手纷纷举起洋枪，站在方友身后，不再吭声。

方友到石门前，笑了笑。确实没错，后面啊……

"我说这石门就别费劲打开了。"方友一手扶在石门上，一手提着煤油灯，背着三人说道。

三人还在疑惑方友此言何意，方友却已经有了行动。他双手未动，仅是一声"有劳了"，电光火石之间，已经是两人倒地。

这时那个原本就脸色苍白的枪手才发现，方友腰后的短刀，刀柄就像一条蟒蛇，紧紧绞住一个还没有断气的枪手的脖子。被绞住的枪手，只是再挣扎了一瞬，清脆的一声，脖子也已被折断。

苍白枪手吓得慌忙举枪，但早就错失了射击时机。方友背手抽刀，那刀早已恢复常态，刀刃锋利地架在了他的脖子上。

"要活命？"方友贴着苍白枪手耳朵问。

苍白枪手快哭出来地微微点头，生怕动作大了喉咙被割断。

"很好，开枪。"

"开、开枪？"

"往那边开几枪，往远处开。"

刀刃已经离开自己的脖子，但苍白枪手根本不敢反抗，只得照做。

"来来来，我给你照着点儿，别射歪了，撞着石头弹回来，崩着你自己。"

方友故作殷勤地把煤油灯提到苍白枪手脸前。枪手默默举起枪，单肩抵住枪柄，拉栓上弹，扣动扳机。

枪响震耳，响彻隧道。

"好家伙，耳朵差点儿震聋了。"方友皱着眉头，把煤油灯放到地上，双手捂耳，说，"赶紧，再放几枪，我不喊停你不许停。"

啪啪啪啪……苍白枪手只好一直放枪,又放了四枪之后,枪声在隧道里回响得分不清哪声是先哪声是后,方友喊了停。

枪手哭丧着脸,把枪放下,一屁股瘫坐到地上。

方友揉着耳朵俯身下来,调了调煤油灯的亮度,顺便问起:"你们在这儿有几个人?几个枪手?"

苍白枪手知道不回答不行,回头看看另两具尸体,带着哭腔说:"加上我,还剩五个,都是枪手。"

"都是这种枪?"

"嗯。"

"啧,这枪威力蛮大的。"方友又借着灯光数了数苍白枪手带的子弹数量和地上的弹壳数,"下一个问题,小梭在不在这个矿区里?"

"在。"有气无力地回答。

"具体哪里?"

"南边第二间工棚里。"

"很好。"方友赞扬道,"接下来,不好意思,你得受点儿小罪了。"

话甫落,方友抽刀在枪手胸前背后砍了几刀。枪手满眼愤怒地惨叫起来。

"大老爷们,叫什么叫,砍不死你的,出去以后赶紧敷药,个把月就好了。"方友嗤之以鼻地说,并把短刀收好,单手一掳,把被砍伤的枪手背了起来,"今天新换的褂子,这下又全是血,洗不掉了。"

路甚至比水银公司的人还要熟。方友背着枪手,沿着错综复杂的矿车轨道,向外走去。

十

因为乱枪响声,洞口早就是严阵以待。

所余的四名枪手举着长枪,全都对准着洞中,刘能同样站在洞口,只是在枪手的掩护之下,完全没有暴露在洞前。

脚步声沉重迟缓,慢慢靠近。

枪手们更是紧张不已,甚至连枪都微微颤抖。

但就在身影即将出现之前,听见隧道里熟悉的声音,颤抖着喊:"是我。别开枪,别开枪!是自己人。"

刘能眼珠一转,不得已还是让四名枪手都把枪放下了。

借着银白月光,看见了身影。

方友背着那名负伤的枪手,汗流浃背地从矿洞中走了出来。出来以后,立刻把枪手放到了洞边,自己也一屁股坐到了另一头,喘着粗气,抹着汗,没有说话。

"怎么回事?"刘能狠狠地盯着方友。

"还能怎么回事!"方友没好气地说,"还不是你们在洞里养的怪物干的好事!袭击了我们,两个好汉当场就被咬死。"

四名枪手已经围到苍白枪手身边,帮他止血。

刘能皱着眉头,依旧盯着全身血迹的方友。

忽然，那四名枪手中的一个喊了一声："头儿！"

"怎么？"

"是、是刀伤啊……"

风驰电掣，刘能再回头去看方才的位置，那个气喘吁吁的方友早已不见。

只见蹬在矿洞支架立柱飞扑到对面的方友，丢出短刀。短刀就像刚才一样，立刻伸长刀柄绞住一个枪手。与此同时，方友空中单拳，正中另一个已经抬起枪准备射击的枪手面门。枪手鼻梁粉碎，哀号着倒地。方友顺手夺下长枪，不停歇转身后仰，用刚刚在矿洞中学来的打枪方法，把另一个枪手射飞。

这种枪每次只有一发子弹，方友立即丢掉空枪，将身旁绞死敌人的短刀长尾一握。短刀再次变形，长尾迅速缠绕上方友的右手小臂，再反向上挑，刀环正伸到右手手前，如握手指虎一样顺手。握住刀环，短刀就成了右拳的锋利延长。

所剩最后一名枪手，只是看得目瞪口呆之际，自己的枪还有脑袋已经被这把缠绕在方友右臂上的短刀给砍断了。

一直趾高气昂的刘能，眼看转瞬之间自己手下统统阵亡，也保不住体面，连连后退。

"你说说你，"方友一步步靠近刘能，"害得我这两天又大开杀戒，真是罪过。"

"你……"刘能向后退着，一屁股坐到了地上。

"要是知道就你们几个人，知道那洞里的秘密，我能省多少事。"

"我、我不知道啊！那洞里有什么？我什么都不知道啊！"刘能还在地上向后蹭着。

"你不知道？那为什么要三番五次来找我？真不知道谁才是装傻充愣的好手了。"

刘能哭着，突然大喊了一声"别过来！"喊叫并非警告，刘能已经从怀中掏出了一把短枪，单手可握，指向方友，立即开枪。

方友早有准备，枪响之前已然侧身躲开。然而他根本不知道，这把枪和那些长枪不同，枪的中心有一个转轮，可以六发子弹连射。

躲开首发子弹，确实下意识疏忽大意了。枪竟然可以连射，方友本人也是大吃一惊。刘能坐在地上胡乱射击，再做出应对的方友，已经迟了半步。虽然他单手一抖，短刀就像绳镖一样，直直地飞向刘能，刺穿了他的胸口，但自己的腹部也中了乱枪。

鲜血迸出，转瞬间蓝布褂子已经湿红一片。

方友捂着左腹，痛得脸有些扭曲，呼吸也多少有些不算流畅，却还是走到了倒在地上抽搐的刘能身边，尽可能避开疼痛缓慢地弯下腰，单手握住刀柄，用脚踩在刘能胸口，强行笑着说："不好意思，刀背有锯齿，拔出来的时候会有那么一丁点儿痛苦，但不用担心，很快就不疼了。"

刘能无声地哀号了一下，也就断气。

因为拔刀用的力，左腹就像个凿开的泉眼，血从指缝滚滚而出。

"这下可真是狼狈了。"方友无奈地用手捂着左腹，嘴里念着"小梭"，向南边第二间工棚走去。

工棚的门并没有锁，方友喘着粗气把门撞开。

棚内没有照明，但借着敞开房门投进来的皎洁月光，正可见屋角那名少女。还穿着教会学校校服的少女，被粗鲁地用绳子捆绑，嘴上还缠着布

带,而眼神,坚韧得让人心疼。

方友在月光下尽量让步伐平稳地走向小梭,缓缓蹲到她身边。少女一点儿出不了声,看来是布带勒得太紧。但因为腹部枪伤出血,现在手并不是特别稳,方友并不敢用他的短刀去割开布带,只好把沾满血的手在衣服上擦了擦,尽可能快且轻地给小梭解开。

布带刚刚松开的一瞬,就听小梭瞪圆了眼睛大喊:"你怎么伤得这么重!"

"别乱动,一动扣就扭死了……"方友缓慢地说。

松绑后的小梭,顾不上自己手腕被勒的疼痛,立刻转身检查方友的伤势,挪开他捂着腹部的手看了一眼,赶紧又把他的手拉回来用力按了回去。

"别、别这么用力,子弹还在里面,疼啊。"

"真没出息,大男人还嗷嗷喊疼。快说,怎么疗伤?"

"回镇子喝两口糯米酒,立刻就好了。"方友勉强站了起来。

"你别糊弄我,我在学校里学过很多,你这样出血,到不了镇子上就……"

"我命硬得很。"

"你就剩嘴硬了。"小梭气得想捶方友又不敢捶,"我知道你一直有事瞒着我和爷爷。你昨天也中枪了吧?我听他们说了,开枪打中你了,兴奋得他们……但你一晚上就愈合了。"

方友看向小梭笑得和蔼:"说了,我靠的是咱镇上松记家的糯米酒……"

"少废话!我要你活,赶紧告诉我到底怎么办你能愈合伤口?你这伤根本撑不到镇上。"

小梭眼睛本来就大,现在瞪得更圆了。

她说的确实没错……方友心中苦笑,再拖下去,大概就要失血昏厥了。

方友还在考虑着如何权衡利害,结果小梭已经二话不说,架着方友三步两步就出了工棚,将其丢进了最近的一辆正在轨道上的矿车车斗里。

"别跟我废话了。我知道这洞里有能治你伤的什么东西,赶紧给我指路,趁你还不是个死人。"

方友躺在车斗里,听到车尾衔接上压杆动力车的声音。很快,矿车就被吱吱呀呀地推动起来,朝矿洞中驶去。

这小丫头行动力太强。

十一

实际上并不需要眼睛去看,方友就知道该如何走。不过,为了小梭,他还是勉强爬起来,把车前的煤油灯点亮,同时挨了小梭几句骂,再乖乖坐回到斗里。

东转西转,终于在隧道尽头看到了那扇石门,以及胡乱倒在轨道上的两具尸体。

"到了,就这里。"

小梭已经累得一头汗，盘头散开了一半，刘海也湿透。或许是失血过多，在小梭扶方友出车斗时，感觉她全身都散着热气，有点儿让人恋恋不舍，真想好好活下去。

跨过尸体，到了石门前，方友又停了下来，低语道："在这儿就行了。"

"怎么还有力气废话。"

小梭不容分说，已经把方友放到墙角，自己去推那道石门。

"你确定要进去？进去了就没有回头路。"方友有气无力地再次试图阻止小梭。

"你觉得自己推得开这道石门？"

无力反驳。

石门在少女喘着粗气下，被沉重地推开了。

门后，豁然开朗。

一间洋人教堂一样宽阔的石室，而且石室亮堂堂的，搞不清到底是什么在照明，像是顶上的石头都会发光。在石室的正中央，便是这里的主人。

看着眼前石室主人的小梭，不知该如何称呼，脑中只有一个词：锅炉蒸汽机。

显然它是活的，不是自己在课本里看到的，或者是前一阵子手把手教着爷爷打造的蒸汽机，从气氛上就有着不同的感受。虽然它们互相有着太多类似的地方，都是桶装的锅炉，都是从锅炉伸出蒸汽动力摇臂，但这家伙伸出了八根，而且是从锅炉的下面伸出，顶着锅炉上下无意义地动着。看上去就像一只书本上见到的海洋生物：章鱼，钢铁章鱼。相对来说还比较懂蒸汽机原理的小梭一眼就看出，这个钢铁章鱼的运转能源绝不是通常意义的烧煤，那个锅炉有着其他能源渠道。这就更是奇怪了。

"然后该怎么办？"被震撼到的小梭终于回过神，赶紧问方友。

"没事了，就在这里等一下就好了。"

尚在小梭将信将疑之际，她突然察觉有什么东西成群结队从那钢铁章鱼底下爬来。转眼之间，那些东西已经爬到小梭脚边，吓得她情不自禁地尖叫着，跳着脚逃到了矿车后面。

远远地，借着矿车车头的灯光，终于看清了那些密密麻麻的东西：都是两掌见方的八爪铁疙瘩。它们的爪，和石室里那个钢铁章鱼一样，在意义不明的铁疙瘩下面，机械摇臂的结构，也是钢铁章鱼的翻版。

八爪们移动得非常快，转眼间就把瘫坐在石门边的方友围住，小梭只好屏住呼吸看着，她知道这些八爪是要救方友的。

大概它们是在探测什么，很快八爪们就纷纷散开，只剩一只，在方友枪伤旁边，伸出两只细钳，探到方友的腹部。突然间，双钳插进枪眼，粗暴地撕开了伤口。这一下，疼得本来几乎昏厥的方友哀号起来，一点儿硬汉的样子都没有。

那只八爪根本无视方友的痛苦，只是继续用力把伤口撕得更大。就在远远看着的小梭几乎要冲上去踢开那只八爪时，只见八爪双钳左右撑开伤口，又探出一只细钳，直接从伤口插入方友腹部，随后捏出一颗弹头。

扔掉弹头，撑开伤口的双钳也松开了。八爪抖动了一下身体，从铁疙瘩中喷出一股银色液体。银色液体看上去非常沉，如金属一般，灌进方友体内。

是……水银？

见八爪离开了方友身边，小梭立刻冲过去看情况。

只见半躺着的方友，脸上全是豆大的汗。再看他腹部的伤口，已经被水银布满，还隐隐从内到外冒着气泡。在东湖中学，小梭学过关于水银的化学知识，知道这种被命名为汞的液态金属对人体的危害极大。看到水银缓慢渗入方友体内，小梭急得已经哭了出来。

可是……

"我可是头一次见你哭。"

那个已经虚弱得快要昏厥的方友，不仅突然笑吟吟，恢复了往常没正形的嘴脸，还一翻身，动作敏捷地蹲在了小梭身边。

"就、就好了？"还在抽泣的小梭微微抬起头看。

"好什么？真要疼死我了。洋人的玩意真不是什么好东西，两天挨了两下，真要了我的亲命了。"

"真的就好了？"小梭还是不敢相信。

"这么不放心，要不要看看？"

小梭扭过了脸。

"得了，既然你都一意孤行地要到这儿来，还是得跟我进来，打声招呼，交代报告一下。"

"报告？"

"别担心，实际上它啊，"方友已经汗珠擦净，精神抖擞，用眼神示意了一下石室里的钢铁章鱼，"并不会伤人，或者说呢，它根本对人没兴趣，可有可无。"

"它到底是什么？"还没进到石门里，小梭终于忍不住还是问出了口。

"这就说来话长了。"

"必须说。"小梭站在石门外，非常坚定。

"好好好，我给你从盘古开天地说起好不好。"

小梭瞪了方友一眼，但方友没有理会。

"要说到那炎黄二帝把蚩尤……"

"行了，正经点儿。"

"我说它就是蚩尤你信不信。"

"……"

"好吧，我也不信。谁知道它从哪来，但反正呢……"

方友没有继续说下去。

小梭等了好一会儿，心中有点儿焦急，小声问："你刚才说见到它就没有回头路了，又说它不会伤人，这岂不是自相矛盾？"

"不伤人是真的，你看它伤过谁？要是伤人，水银公司的那些人早就完了。没有回头路也不假，因为……你见到了一些真相。"

"真相？"小梭越发不懂了。

"东湖镇的真相。"方友停顿了片刻，"算了，既然都走到这一步，干脆全告诉你吧，我所知道的这一丁点儿真相。"

小梭咬着嘴唇点点头。

"不用这么严肃啦。其实呢，东湖镇的树了草了，嗯……更主要的是，绝大多数房屋了，还有少部分人……都是它长出来的。"

"长出来的？什么意思？"

"大概不是能拿洋人那套什么科学来解释的东西，反正它天生就是这副模样，没有我们活生生的肉，但也得像你和三元老爹弄出来的蒸汽机一样有东西烧，才能维持运转。说的有点儿怪，其实它的运转就跟洋人们弄出来的所谓的机械一样，但它的机械运转呢，就等于它的生命运转，跟咱们人吃喝拉撒睡不停运转一个原理。它有没有煤可以烧，就自己长出一堆屋子，再长出一些有血有肉的人来，帮它用其他方式获得和烧煤一样效果的运转动力。"

"所以……"小梭不知接下来该从何问起。

"别瞎研究了，你想不透它的。自古以来，它就在这里存在着了，它有它自己的一套生存方法。哦，对了，唯一值得一提的是，咱们这里绝大多数的侗人鼓楼，都是它直接长出来的，作为和外界联系的直接通道。"

"所以……"小梭还是刚才的样子，"所以你是……什么？"

"哈哈哈！原来你在意的是这个啊。我呢，谁知道啊。说真的，现在也没谁能弄得清自己是不是它长出来的人，还是别的什么人。只不过呢，我比较幸运，它每到星辰以某种特定的次序排列时，都会选出一个人来成为它对外界的，嗯……对，就跟刘能那家伙一样，我是它对外界的通事。处理处理很多无法直接沟通的事情。这事烦琐得很，不过顺便，我也得到了些好处，什么好处，刚才你也亲眼见到了。"

小梭皱着眉头。

"还有另外的馈赠，就是我这把……"

方友才说一半，突然一把搂住了小梭。小梭惊异地看向方友，自己却已经被掳进石门内侧。

"有人！"方友用极低的声音跟小梭说。

十二

"是我的失误,咱们可能早就被跟踪了。是我在车斗里时没察觉到。"两人躲在石门侧面,方友低语说道。

不过,也只是一瞬之后,方友听了听外面隧道里的声音,主要是脚步声,只得叹了口气,不用那么低的声音和小梭说:"算了,躲也没用了,你到它后面去,接下来的事,我来处理处理就好。"

一把就将小梭推向了钢铁章鱼那边。小梭知道如果有危险,自己可能更会成为方友的累赘,不如全权交给方友处理为好,就自觉地跑到了钢铁章鱼的后面。数十只八爪也跟了过去,看上去是去保护小梭。

看小梭藏好,方友才整理了一下全是血迹的褂子,直面隧道。

隧道中,在矿车车头昏黄的煤油灯前,站着那个一直隐匿着,方才现身的人。即使他背光,像剪影一样,但还是一眼就能认出,正是黄平。

方友还没开口询问,黄平已然抽出了他的双刀,一个箭步杀了过来。

黄平的速度太快,双刀又相当凶猛。方友才抽出短刀,短刀缠绕在右手上,黄平的双刀就已砍到面前。

来不及做好卸力,勉强格开,方友已经被震到了石室中间,后背紧贴钢铁章鱼的一条腿上。

"少爷有令,收回矿场,清理现场闲杂人等。"

"不好意思,这可不行。"

两人只是一句话的交锋,就又互相砍在了一起。

虽然方友本能极强,每一招式都能在最极限的情况下化解掉,但他负伤失血,体力本就不支,出刀早就没了章法,无论是砍、抹、挑、劈,都根本碰不到黄平。黄平的双刀快如闪电,步法又灵动多变,步步紧逼之下,不到二十招,方友已经只能招架,连连后退。

终于,黄平左手出刀虚晃,骗开方友单刀,右手迅速砍下,直接砍开了方友的胸口。被砍中的方友向后大退一步,躲在远处的小梭深吸一口气,没敢叫出声。而同时,她也看到有十来只八爪已经冲了上去,左右散开,齐刷刷地向方友胸口喷出水银柱。

新伤立刻愈合。

"妈呀,水银都喷我鼻子里了。"方友咳了两声,嘀咕抱怨着。

看到此景的黄平还是愣了片刻,失去了补上他认为的致命一刀的机会。不过,黄平不愧是顶级的刀客,即使错失一次机会,他也早因这一次的得手,读懂了对手所有的破绽。接下来,他是一刀又一刀地砍中方友。然而,那些八爪,训练有素一般,又是一次又一次地在第一时间把方友的伤口愈合。

到此阶段,方友也不去躲闪,直接硬吃着黄平的快刀,抓住空档,抬脚把他踢远。

终于拉开了距离,方友故技重施,右手一抖,缠在小臂上的短刀,如子弹一般飞出。

但是这次飞刀轨迹太偏,根本就不是朝向黄平飞去,而是直接朝着他左边空气飞去。

本来是出以奇招，结果机会没有把握，彻底打偏，黄平也只好无奈地撇撇嘴，架起双刀准备再度快攻靠近。

而就在短刀即将飞过黄平之际，方友突然一个微笑。

那短刀刀背的锯齿，突然间打开阀门一般，连排喷出一股蒸汽。就在黄平左侧，近在咫尺，短刀飞行线路骤然一变，直直地砍向黄平。

黄平反应快到恐怖，如此近的变招，他居然还是反应过来，反手用单刀去格掉了致命角度。但变向飞刀终究过于突然，力道也是十足，即便格到，还是砍在了黄平肩上。今晚，黄平第一次挂彩。

砍到黄平，飞刀立刻被方友收回，重新缠绕在小臂。黄平不给方友再多喘息，单手再度砍来。

只剩单手单刀的黄平，可以无限愈合的方友多少能应付得了。结果是，谁也占不到谁哪怕一丁点儿的便宜，互相砍来砍去，无休无止。

"别打了！"终于还是方友率先喊了一句。

知道已经无法战胜方友的黄平，也只好后退一步，到了相对安全的距离后，停了手。

"这样就对了。说实话，就算我没受过伤，估计我也砍不过你。但不巧的是，咱们如此酣畅淋漓的对决，却在这里。有这些小家伙们在，你永远赢不了我，最后只能把自己累死。"

停下来后开始喘着粗气的黄平没有理又开始碎碎念的方友。

"你连喘气都不露破绽的吗？做人也太严谨小心了点儿吧。"

"我看你，还是活得腻歪。"黄平没好气地说。

"我是早就活腻了，可怎么也死不了。"方友皱着眉，"真愁人。"

"你们别再打不动就斗嘴了吧。"小梭从钢铁章鱼后面走了出来，

"就不能用剩下这点儿体力好好想想怎么和解吗？"

"和解不了，有少爷的命令在。"黄平也有点儿无奈。

"少爷长少爷短的……你们那个少爷想要什么，尽人皆知。"

"啊？"方、黄二人异口同声。

"一个代土司的儿子，得不到权力的。钱财，洋人来了，显然也只能分得一小部分的盈余。"

"所以他想怎样？"

"当然是想要前所未有的新秩序咯。显而易见的事，你们怎么都看不懂。"

"可是这新秩序，谈何容易。"黄平恢复了一本正经的样子。

"当然不容易，但至少不是杀几个人灭口就能实现的。"

"那怎么办？"

"当然是走新学路子。把现有的银子，在东湖镇开学校，办工厂，建实业，那时候就不是争这一个让洋人开得更深的矿的问题，而是用实力把洋人挤走。那样得到的不是压制性的权力，而是人心。"

小梭的眼神认真极了。大概这种认真也感染到了黄平，黄平连连点头，像是认可了一切。

方友掐准时机，从怀里掏出个小瓶，丢给了黄平。

"止血散。拿去，不谢。"

"本来就是我的。"黄平接过那瓶止血散，看了看嫌弃地把上面的血渍擦了又擦。

在刀伤上敷了药之后，黄平站起身来，又看了看那个钢铁章鱼，就像什么都没看到过一样，没有说什么告辞的言语，转头就离开了石室，消失在了漆黑的隧道中。

"可也算是个怪人了。"方友嘀咕着。

"不怪,只是太单纯。"小梭笑着,笑得可爱又复杂。

尾声

没有什么可担心的。黄平必然不会把钢铁章鱼和方友的秘密说出去,特别是告诉他的那位沈家少爷。他有他的忠诚,也有他的原则。

到底最后黄平有没有把小梭编出来的那些想法转告给沈一毛,不得而知。而方友自然也不会在意,他也同样有自己要做的事。

买了新的蓝布蜡染褂子,自认为体面地打扮了一番,不远长途跋涉,去了贵阳府,敲开了英法水银公司的办事大门。

虽说方友并不会说英语,更不会说法语,但能翻译的人,水银公司也必是绰绰有余。当初刘能来请,看得出是有真心,所以在英法水银公司,他们必然是互相知会过,就算是顶头的洋人,至少也是知道有方友这么一号人。

有人好办事。

见了洋人,方友开门见山,递上投名状,愿意接东湖镇水银矿的当地通事一职。

刘能的死,洋人们当然不知道,也不关心是何人所为,再加上当初刘能的引荐,以及非当地人全都惨死东湖镇的事实,洋人们自然不想冒险,

更不想蹚浑水。有人愿意接管,自然是求之不得。双方一拍即合,立即成交。

得到东湖镇水银矿通事兼管事一职,自然是不知道该如何与小梭交代。干脆再次消失,不要因为自己而影响了她尚能维持的平静生活。

而自己?

反正从一开始就未受人待见过,不怕多此一桩。水银矿决不能让洋人直接掌管,交还给沈家自然也不可能。况且洋人已经来了,再想回到从前,只能是痴人说梦,自欺欺人。小梭说的新秩序谁知道能不能实现,当务之急,只能是把已经失衡的局面,找到新的平衡点。

想了想,这样新的平衡,未免不是新的秩序开端。

倒也不算坏,不算太坏……

"我不入地狱,谁入地狱。"

方友呵呵笑着,又跳上了小船,漂在东湖上,去了湖的尽头。

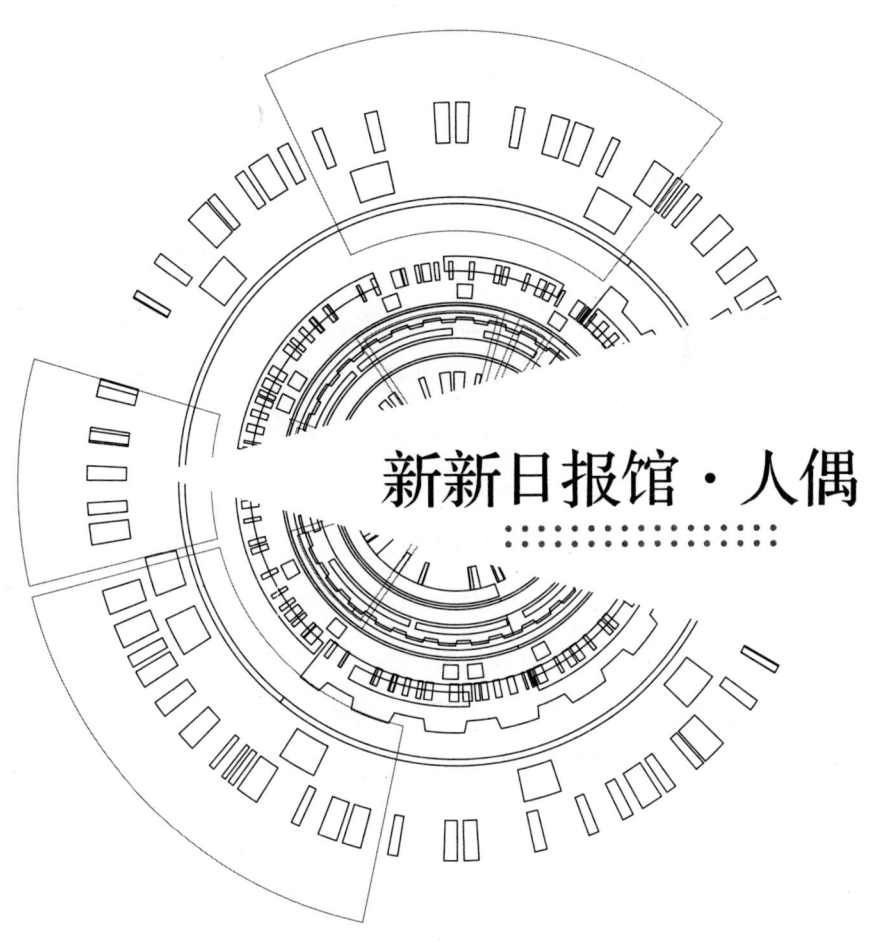

新新日报馆·人偶

梁启一直很苦恼。

很多人以为他是梁启超，总是弄出啼笑皆非的误会。

特别是在光绪三十一年（1905年）年底，他从日本留学归来，竟也到了上海去了一家报馆做了编辑兼撰稿工作。这样一来，更是被同事们拿他的名字开涮。不过，玩笑归玩笑，不予理睬也就是了，偏偏报馆的经理（也就类似于如今的报社社长一职）更是把他的名字当了真："你看，你不能辜负了自己名字里有梁任公名中两字之多的厚望。"所以，虽然是刚刚入职的小辈，竟要承担起日报每天一半的版面新闻。

报馆叫作新新日报馆，光绪三十一年年初才刚刚开办起来的新报，名不见经传，销量也不怎么样。偶尔有空在街头巷尾的零售点看看，总是只能看到《申报》《新闻报》《时报》这些响当当的大报，自己的报纸则鲜有可见。报馆的经理倒是毫不在意，并且总是跟编辑、主笔等人说"慢慢来，我们做的是态度"之类的话。

不过，态度到底是什么样的态度，梁启也同样不会在乎。他更在意的是该如何迅速融入上海这座被洋人注入无数魔性的都市。

首先，他特意为自己配了一副平光的圆框眼镜。人们一旦习惯了戴眼镜的样貌，只要摘掉眼镜就是最便捷简单的易容，再戴上一顶软趴趴的鸭舌帽，就更是多了一层伪装了。梁启隐约觉得此时在上海的报馆，善于伪装隐藏自己是件很重要的事。

其次，则是找个合适的住处。报馆馆址设在公共租界里，离《申报》报馆不远，但不在望平街的街面上。一来图近，二来更希望可以深入观察在上海的洋人，梁启也就租住在了租界内，一栋临街的两层英式住宅楼。

一切都如梁启所愿地安顿好了，似乎各方面顺风顺水，唯独只有工作……实在太忙了。

每天必须出两篇本埠新闻、两篇外埠新闻，有时候还需要帮助翻译西文的先生，一起从《字林西报》里偷偷翻译、转载几篇西文新闻中关于中国的新闻。虽然要闻、时评，都不会让自己这样的小辈来做，但那些现有的工作内容已经压得梁启喘不上气，总是熬着通宵来赶稿。

即便过年也不休息。况且所谓的年味儿，在上海的公共租界区本就是相当淡薄，又是在报馆，更是只有工作了。忙忙碌碌竟也就进入了光绪三十二年（1906年）。

一日晚间，同事们早早收工，像洋人一样按时下了班，梁启却独自守在一盏笔筒一样细长的煤气灯前，冻得缩手缩脚，啃着笔杆发呆。本埠观察员又迟迟不来，恐怕这一日的本埠新闻还要自己来编不可了。看着太阳完全落山，街巷外望平街上的电气路灯也都亮起，更是气得梁启在报馆里跺脚。

忽然听到有登楼梯的脚步声。

以为是观察员终于良心发现送来些什么消息，管它是谁家丢了阿猫阿狗，还是谁家丢了阿婆阿公，写上去就好。可惜借着煤气灯的光看到走进屋来的根本就不是那个该死的观察员，而是一身短打扮的消瘦男人。

"哈！"梁启看到这个人不禁有点儿吃惊。

倒不是说这个男人跟他是什么仇家,或者说是他昔日的好友。这个男人其实是个侠士,到底叫什么名字谁也不知道。梁启在南京读水师学堂时,他总是跑来也不上课也不捣乱地在院子里练剑。梁启问他怎么想的,他却说觉得梁启的名字真逗,便给自己起了个新名,叫谭四,从此他们成了朋友。

"别这么一惊一乍,看了报纸就知道你回国了。"谭四随手从旁边的桌上抓起一张前几日的报纸,好像是他自己刚买的认真阅读了一样。

"所以,你也知道我现在真的编不出新闻来了?"

"自然。"

"……"自己编的新闻到底是有多不接地气呢,梁启不禁更加沮丧。

"去你家看看如何?"

"这么晚……"

"我是说刚好有东西要搬到你家去借放几天。"

"可是我这稿子还没……"

"婆婆妈妈的烦死了!"

这家伙果然不是来叙旧的。

无奈之下,梁启只好跟着谭四离开了报馆,一边继续绞尽脑汁地构思当天的本埠新闻,一边跟在谭四的身后,像是要去他家一样地往自己家的方向快步走去。

这家伙的辫子还是那个样子,根本没好好打理过吧,像是拧了几股的马尾巴……

到了自己租住的公寓楼下,发现门口围了不少人。

是有什么突发新闻?梁启刚要激动地赶过去打听,就见谭四抢先一步把那些人像赶苍蝇一样地轰散了。人群散开,倒也看见他们在围着什么看：一个极为可疑的大木箱子锁在了公寓大门前的铁栅栏上。

"过来搭把手，先抬上去。"谭四打开了铁链锁。

"天！这么沉！"

随后只是两个人无声地抬着个木箱上楼。

终于，在没有引起房东先生的怀疑下，两人把大木箱搬进了梁启的房间里。虽然才刚过了年，天气阴冷得很，但梁启还是冒了一头的汗。好久没有干过这么强的体力活了。

没等梁启缓过气来问谭四，谭四反倒先发话，说了起来。

"说是来找你，结果好几天都不在家，干脆把东西先运过来然后去报馆叫你。"

"你、你怎么知道我住在这儿？"

谭四撇了撇嘴，用右手食指敲了敲自己的脑壳，懒得回答梁启。

"看报纸就知道你在报馆写稿有多痛苦了。兄弟我来解救你于苦海，帮你在家里完成稿子。"

由于近几年电气在上海的普及，自来火，也就是煤气的价格反倒降不下来。电，对于梁启来说自然用不起，自来火也花销不起，所以这间屋里只有一盏比蜡烛亮一些的豆油灯用于照明。懂得一些西医常识的梁启实在是不想毁坏自己的视力，因此在这样的光线下，他是坚决不写稿的。

谭四自然看得出梁启的意思，不多说，拍了拍大木箱。

"是这个玩意来搞定。"

什么东西？难不成是个可以隔空取电的电灯？

梁启不禁看了看自己的书桌，那盏枣弧形灯座扣着个油乎乎、胖肚子玻璃灯罩的豆油灯，只是有气无力地亮着微弱的火苗，房间影影绰绰的。

谭四把木箱打开。梁启探头去看，昏暗光线下正看见一双直勾勾盯着外面的眼睛。

梁启着实吓了一跳。不过，当谭四把箱子里的东西搬出来以后，梁启也就看出那是个什么了。

"只是个写字人钟而已。"

对好友视为稀罕玩意的这个东西，梁启多少有些不屑。自从认识谭四，就知道这家伙很是聪明，眼界也开阔，但自己好歹也是从日本留学回来的人，亲眼见识到的西洋奇器早已超出了这东西的水平。随后，他又觉得谭四可怜了，好好的人才，只是因为没有出国的机会，已经开始要被时代所抛弃了吗？

可是谭四也同样一脸不屑。

要说不一样，倒也有之。这个被谭四小心翼翼从大木箱里抬出来的人偶，个头可是大得有点儿吓人。梁启在东京见过的写字人钟，多是自鸣钟大小，也有更小一些的，但从未见过与人等身高的。

谭四把人偶搬出摆到一边后，梁启提起灯走近来看。

结构上倒是和写字人钟差不大多。人偶穿着暗红色带花边的大领子洋服，圆圆的脑袋上顶着金褐色的自来卷头发，裸露在外的脸、手、腿全由木制，做工雕琢都算得上精细，眼睛虽然没有什么神，但贴有睫毛，还可以转动。这不稀奇，梁启见过的还有整个头部以及眼珠都可以与手同步转动的，只要它们连到同一个轴上并且有足够的动力即可实现。

再转到人偶的背面。和绝大多数写字人钟一样，背部是敞开的，内部的机械元件大体可以看见一二。在昏黄的豆油灯光下，所有元件都很精致，横横竖竖、错落有致的金红色铜件，铜轴粗细各异，拨片和大小轴承弧线清晰,充满了西方的科学美感。不过……也的确有令梁启惊讶的地方。怪不得会这么大个,原来它的内部有三个纵向凸轮组,每一组又是三根凸轮。一般来说只需一组,就可以写出不少句子,而非单字了,但这里竟有三组。另外一点也不大相同。在人偶的尾部,并没有通常该有的可以选择书写内容的字母或者汉字轮盘,而是又一组复杂的齿轮组件。并没有更深的机械知识的梁启,能看得懂的恐怕只是这个组件最外端有三个方向的斜齿轮,就像真的有条尾巴一样。

看来是要继续衔接其他部件了?

"喂!过来搭把手,把窗子前面收拾收拾。"

只见谭四搬着个小煤炉一样的东西到窗边,正在架烟囱。

"房东不许在屋里生火的。"

"不会有烟,只是防止二氧化碳中毒。而且,我搬这个东西过来,一是为了给你解燃眉之急,二是也需要有个试验过程。就算咱兄弟俩互助了,将就将就,瞒着房东让这家伙工作工作可好?"

话都说到这份儿上了,梁启也不好反驳,只好和谭四一起把窗前的废纸闲书都堆到了另外一边,将小煤炉在窗下架好,伸出小小的烟囱到窗外。

架好煤炉之后,梁启又和谭四从木箱中搬出四个方方正正的小木箱,垂直于窗子,按照某种只有谭四知道的顺序摆成一个凸字形。

在摆放的过程中,梁启有一搭没一搭地问起了谭四近况。聊起来之后才知道在自己留学的几年里,谭四也一点儿没有荒废。虽然没有出国,但也不知是在哪儿学了外语,不仅日语了得,英语、德语也都很精通。语言没有障碍后,谭四就开始博览群书,从曾经那个舞枪弄剑的侠士摇身一变成了懂得科学的新人。

凸字形方阵摆好后，两人便把人偶小心地搬到了中间的略低一点儿的木箱上。位置调整合适后，谭四把另外三个木箱各有的一个朝向人偶方向的小门打开，刚才被梁启所认为的人偶的尾巴，咔咔几声便扣了进去。再把梁启的书桌挪到人偶面前。此时，这个张大着眼睛手握毛笔的人偶，还真是煞有介事了。

随后是将煤炉和三个木箱上预留的洞口用铜管连接到一起。谭四用梁启也看着新鲜的活动扳手将所有螺口一一拧紧。

"没办法，猜到你这里没通自来火，通电更不可能，所以只好还是用蒸汽机了。"

"这个？"梁启指着那个黑乎乎的小煤炉问。

"功率低很多，但总比发条要强。"

"可是这玩意……"

正想问这么个怪模怪样的大型写字人钟到底和自己编不出来的新闻有什么关系的时候，谭四已经将梁启留着晚上洗脸擦身的水统统灌进了蒸汽机里，接着拧上水箱的盖子，点燃了引燃纸，塞进原本就有木柴和煤块的燃料舱中。

过不多久，水温上升，人偶身旁品字形摆放的三个木箱都发出了"咔嗒咔嗒"的齿轮咬合声。再过了一会儿，水应该是开始沸腾了，听起来三个木箱完全进入了工作状态。

"去拿纸，再给毛笔蘸点儿墨。这个写字机器人太大了，不会自动蘸墨。"

按照谭四的吩咐，处理好后，两人就都直勾勾地盯着笔尖了。

且听咔嗒咔嗒声之后，似乎是什么小珠突然快速滚动起来的声音，同时疑是轮盘的东西旋转的声音，一连串不明所以的声音之后人偶的手动了起来，毛笔尖落到纸上，字写了出来，而同样的声音又从另外一个木箱中传出。就这样，人偶写写停停，竟是把一张纸都写满了字。随后，谭四在蒸汽机上按下了一个阀门，人偶在逐渐缓速下来的齿轮咬合声中停了笔。

梁启立刻把那张纸拿过来看，字迹略失风骨却也不难看，工工整整。

这不稀奇，但看着文字梁启还是大吃一惊，竟然不是随便写写画画，或者只是写一些市面上随处可见的吉祥话，而是一篇像模像样的新闻文章。读起来，虽然略显生涩，遣词造句也略有一点儿古怪，但这样一篇本埠新闻发在明天的日报上，也是完全没问题了。

"啊！这是今天的新闻？"

"和你每天编的新闻一样，也许是，也许不是。"

"什、什么意思？"

"就是说，你读到的内容也是随便编的。只不过编新闻的不是人，而是它。"

梁启说不出话来，只是目瞪口呆地看看手里的稿子，又看看拿着笔还想写什么东西的人偶。在梁启发呆时，谭四则去旋转了每一个小木箱上的摇把，直到"咔"的一声，什么东西归了位为止；之后又按动蒸汽机的阀门，熟悉的咔嗒声再起。

"到底什么原理？"

谭四却笑而不语，一脸神秘。

真是可恶，这个时候开始卖关子，好像自己就搞不明白似的。梁启在心里懊悔刚才不走脑子就问了原理。

"我还要赶回去办点儿事。"谭四又看了看那张写了新闻的纸，觉得满意了，"回头咱们再叙旧。这机器你先用着，也算是试验期，我需要收

集一些结果。不过,你倒是不必向我汇报什么,每天的《新新日报》就是绝佳的试验数据。"

随后,谭四起身便走了。

待到梁启想起该问一下谭四到底住在哪里时,趴在窗口往下看,谭四已经匆匆地走进公寓楼下熙熙攘攘的人群,往大马路(南京路)方向去了。

屋里只剩下这个双眼无神却能在一连串不知所以的咔嗒声后编出新闻的人偶。它在小蒸汽机的余热下,仍旧咔嗒咔嗒地响着,跃跃欲试要写下一篇新闻。

反正这个东西放在这里,谭四终究还会再过来,既然它真的能写新闻,不如就先用着。梁启就像屈服于什么似的,检查了一下蒸汽机的水位表,随后再次启动。又收获了新的一篇新闻稿,完成了当天的任务。

虽然这东西很占地方,而且咔嗒咔嗒响起来总怕惹来房东,但两篇本埠新闻稿子,只要一缸水就可以搞定,也实在是给梁启解决了不小的苦恼。

况且,稿子的质量还真不错。就连写了一阵子新闻逐渐成了熟手的梁启,看到人偶写出的新闻都会觉得有不少值得学习的地方。什么"黄姓仆人之女被拐,主犯王贵诱之而逃……",什么"静安寺后叶姓家昨日晚被盗,贼穴入室内窃丝绸衣服多件……",等等,事件起因经过结果一应俱全,文字又凝练得体。从而,只要不发生重大突发事件不得不报,本埠新闻完全可以放手交给那台聪明的写稿人偶完成了。

每天少写两篇稿子的梁启,生活都变得轻松许多,偶尔还能在傍晚时沿着汉口路走到浦滩(外滩)去看看黄浦江,看看洋人的轮船,等到晚上也能好好欣赏一下白瓷罩子里的电灯。如五线谱一般的电线间,乌黑的灯杆上,电灯放着比月光还要亮的白光,照得黄浦江更雄浑许多。这一切让梁启觉得自己来到上海的选择更明智了。

直到大概在两个星期之后的一天，经理找到梁启谈话。

一开始，梁启以为是写稿人偶终于败露，可结果却是得到了经理对自己的大加赞赏。

"本埠新闻写得相当好呀，新鲜有趣，果然有着梁任公一半以上的才华了。"

深知这只是经理为了能让自己多干活才如此说，但听到这样的高度评价，梁启也只有哭笑不得的份儿了。

梁启终究还是个文人。所谓文人，也终究还是有一点儿自命不凡的骨气。因此，被经理如此夸奖，心里反倒觉得是受到了什么屈辱一般突然醒悟。

可是，不是滋味归不是滋味，却迟迟没能付诸行动来解决。

回到住处后，第一件事仍是给蒸汽机灌水，点火开机，等着这一天的稿子生成。

梁启的确已经习惯有写稿人偶为自己代劳工作，从而只有把希望寄托在谭四身上，盼着谭四能快些来把这个东西拿走，好重新找回自尊。可一旦想起谭四这个人时，梁启又意识到也许他正偷偷躲在什么地方，看着人偶写出的新闻并嘲笑着自己的无能呢。

至少，至少要把原理搞清楚吧！

梁启咬着牙盯着勤勤恳恳地写着新闻的人偶，咔嗒咔嗒的声音简直如同是在给自己上着烦躁的发条。

终于，在等人偶把两条本埠新闻都写好后，梁启开始了对人偶原理的探索。

按照自己所知道的写字人钟的原理来看，写出字来的机关应该正是人

偶身体内所藏的凸轮。凸轮是带动人偶的手臂移动的直接部件，因此到底写什么也正应该体现在凸轮上才对。然而，这个写稿人偶要比写字人钟复杂得多，至少它所藏的凸轮不止一个，而是三组纵向凸轮组。

梁启趴到人偶的身后仔细看了又看凸轮组上的螺纹和齿轮构造。

因为凸轮组之间的衔接太过复杂，细小的零件和轴承错综，几乎不可能看懂它们之间的关系和凸轮组之间转换的方法。不过，当机器启动之后，梁启观察一会儿还是发现些端倪：原来在人偶写不同的句法时，工作的凸轮组是不同的。

"啊！明白了！"梁启对着又开始写字的人偶就如同对着个活人一样喊了一声。

所以……实际上每一组纵向凸轮组就是人偶所使用的一种句法了。

怪不得总觉得人偶写出来的新闻多少有一点儿呆板，是因为反反复复只有三种句法在轮流使用吧。不对，不是轮流使用，更准确地说是随机使用。梁启又观察了一会儿凸轮组转换的规律，对照之前所写出的新闻的句法，得出了如上所述的新结论。

那么，三个小木箱之中……

感觉一切问题都迎刃而解了。

因为谜题即将得以破解，梁启略有些兴奋，在人偶还没有写完一条新闻时，便关掉了蒸汽机阀门，拿了根细铁棍，将一只小木箱撬开了。

果不其然，小木箱里正是一个轮盘，轮盘外围有一圈用隔板等分隔开的小格子。

再去将蒸汽机阀门打开，各种齿轮咬合的声音再起。

忽然，咔咔的声音停下，啪的一下，一颗弹珠从轮盘中心弹射出来，与此同时，轮盘也飞速地旋转起来。轮盘的旋转方向，和弹珠旋转的方向相反，但很快两边的旋转速度都降下来，弹珠撞到隔板，落入某一个沟道。随后，从木箱下面产生了某种搅力传到人偶的"尾巴"上。斜齿轮转动，连带着人偶的一组纵向凸轮转动起来，胳膊随之移动，人偶落笔，一笔一画地写了一个词在纸上。

　　梁启去看到底写了什么，是个地名。

　　没有关机的情况下，被撬开的这只小木箱停止工作。而后是旁边的另一只开始响动起来。一连串与刚才完全相同的声音，凸轮组随之转动，新的词写于纸上。

　　接下来就是等待一条新闻完全写完了。

　　拿到新的一条本埠新闻后，梁启看了又看，又认真思索了一阵子，再根据木箱的工作顺序和呈现出来的文字判断，一下子梁启完全明白了这个写稿人偶的原理。

　　不过就是用"名词箱"，也就是刚才撬开的那只，"动词箱"和"虚词箱"，根据"句法"的不同而轮番启动，随机选出一个词，然后写到纸上。

　　这个自己以前也想过的呀。

　　梁启不禁想起刚回国来到新新日报馆开始学习写新闻时的自己，不也是发现写新闻也有新闻八股，句法单一，用词固定。因此准备偷懒从《申报》《时报》这些大报里多找些新闻高频词，以备不时之需。可是万万没想到的是，他自以为已经很聪明的偷懒办法，竟被谭四这小子用个机器人偶彻底自动化地实现了。

　　真是……真是感觉自己一下子被谭四给甩开了不小的距离。

　　不甚服气，梁启决定倒要看看谭四都用了哪些词。在科学方面自己比

不过他了，至少在文字敏感度上要胜他一筹才好。

然而，当梁启真的把几个词库箱都拆开以后才发现，无论是轮盘的上方还是下方，都根本没有任何标注。轮盘直接连接在各种精密的齿轮之上。了解西方科学的梁启深知越是精密的仪器就越不能随便乱动，就像一台精细的自鸣钟，只要拆开了，假若没有专业的知识和技能，也没有钟的结构图纸，那就等同于亲手将钟报废。钟已如此，更何况这个能写新闻出来的机器。因此……

顾不了那么多了，梁启胆战心惊地又将三个词库箱凭记忆重新装好。随后，再次打开蒸汽机阀门，听到一切运转声音正常，才终于放心了些，不再多想什么。

拆开又重新组装上人偶的重要部件的事，自然不能告诉谭四，也不能让谭四发现。所幸的是，装上之后，人偶仍然可以工作。

一切都顺利如初。

松下一口气的梁启，再也不去多想什么文人的尊严或者人偶的原理了。

然而，该发生的终究还是会发生，只是早晚之差。

大概一个月的时间过去，谭四没有再出现过，也不知道这家伙到底去干什么了。忘了这个人偶了吗？还是躲什么仇家去了？

倒不是梁启有多想念这位旧友，因为人偶已经使用了一个月之久，即便自己没有动过那个人偶一颗螺丝，它多少也该重新调试或进行一次全面检修了，更何况……

可是，谭四不出现，梁启也完全不知该如何联系到他，甚至连利用自己的小小权限登报寻人这样的极端方法都想过，但因实在太铤而走险，容易泄露自己的本埠新闻全是由人偶写出的秘密，终而放弃。

并不是梁启杞人忧天，而是在长时间没有检修的情况下，人偶的确开始出现了问题。

　　大概又过了不到一个星期的时间，在启动了蒸汽机后，人偶的反应开始变慢。怎样变慢呢？一开始并不容易发现，只是如同心理作用的隐约觉察。但几天后，那种细微的变化开始明显。人偶的每一步动作之间，曾经都是紧密相连，可是现在，梁启发现这家伙都要停顿片刻，就像是需要思考一下才能记起下一步该做什么一样。

　　真不是凭空担忧啊！看着人偶写字停顿的时间越来越长，梁启开始心焦和不安起来。

　　没有办法找到谭四，自己又不敢再次拆开人偶检查，只能任其"病情"恶化，像对待一个绝症病人的临终关怀。

　　或许是时候彻底放弃这个写稿人偶了。

　　实话说，观察了这个家伙一个月之久，再笨的人也差不多能掌握所有编新闻的方法了。在某种意义上来说，已经不必再浪费一缸水来完成这种简单工作，特别是现在人偶写新闻的速度还没有自己干来得快。不过，大概也因为相处了足足有一个月，对于梁启来说，终究对其有点儿不舍。直到这一天，梁启照旧一回到家里，便给蒸汽机灌好了水，点燃煤炉，启动人偶。

　　在寂静的等待许久之后，咔嗒咔嗒的响声终于开始。然而，声音相当难听，但好像比前几天状态好些，梁启也有些期盼可以略微顺利。

　　人偶颤颤巍巍地将毛笔落到纸上，写起了字。不过看动作感觉它又没有什么改观。

　　机器这种东西，终有坏掉的一天。如果真的坏了，就扔掉不用了，倒也没什么大不了。

　　人偶断断续续地写着一组一组的词，看起来很努力，生怕被梁启所舍弃。

宋教仁、遇刺、于、上海火车站、凶手、为……

等等，宋教仁？

这个名字，梁启刚好知道。日本有个旧友是这个宋教仁在东京法政大学的同学，常听他提起。宋教仁又和陈天华他们混在一起，刚刚加入同盟会。那个旧友倒是对这家伙崇拜有加，还说宋教仁以后肯定能成为什么大人物。可是，听说他也只是刚转学到早稻田，怎么可能突然跑回上海来坐火车，还在国内遇刺？何况，他又不是真的什么了不得的人物，哪里值得点名道姓地上新闻？梁启这样念叨着，心里正烦，想起那个咋咋呼呼、整日高谈阔论的家伙，就更烦了。

他一把将颤颤巍巍准备继续开始写下一组词的人偶给停掉。

这是煞有介事地要开始写那个凶手名了？很能干呀，可惜要是真写出个名字来，岂不成了诽谤？这个该死的人偶越来越离谱了，不仅速度变慢，还把莫须有的事情编得过分了些。

烦躁起来的梁启，三两下把那张纸团了扔进纸篓，没好气地把笔从人偶手中抽出，不再给这家伙任何重来的机会。

他也终于下定决心重操旧业，自己的新闻还是自己来写吧！

变得孤零零坐在窗边手里没有笔可以握的人偶怎么办？等谭四来了再处理吧。

把书桌重新搬回来，手握毛笔准备起笔写作的梁启，心情不禁变得好起来。

科学，真是容易掉链子的没用的东西呀！

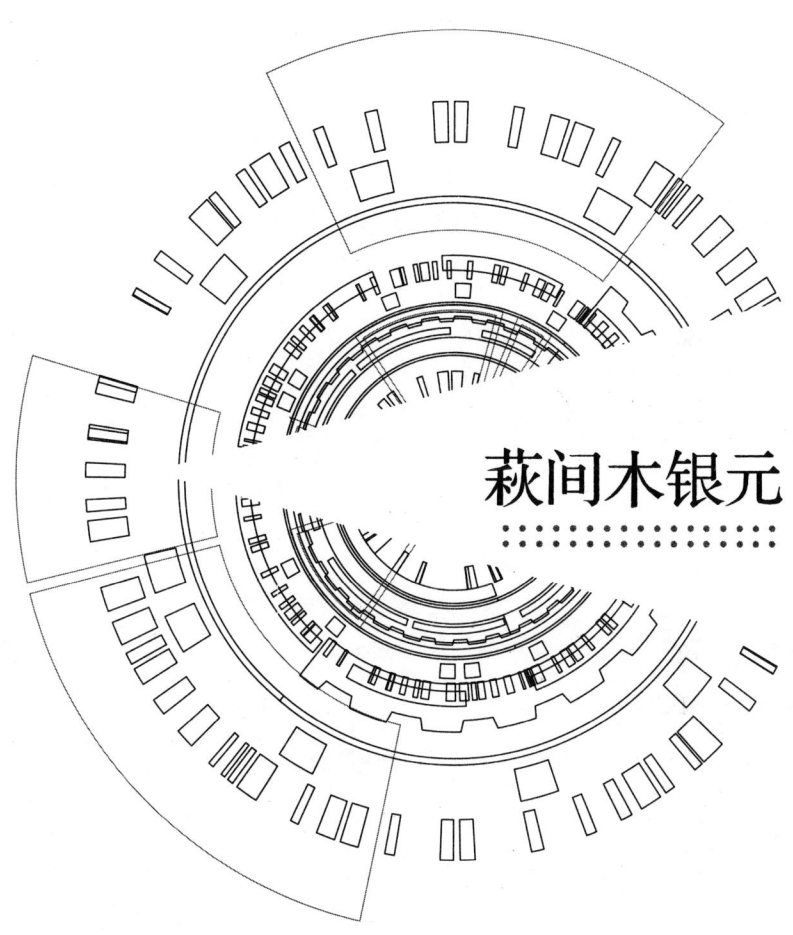

萩间木银元

  张青从来没有想到过自己的工作能变得如此忙碌,就像他从来没想到过自己会暂时叫张青这个名字一样。

  骤然,一根木筷贯穿后颈从喉咙刺出。
  这一幕正让她撞上。
  广州的八月更是溽暑潮热,淋着黏糊糊的细雨,她还是在夜色的阴影庇护下颤抖不停。
  像刺入时一样,木筷猛然被抽出,一层血雾在昏黑夜雨中喷出。轰然倒在泥泞的街巷小径上的,是一个人高马大、孔武有力的洋人水手。水手倒下的身后,杀手终于以黑影的形象现身。
  显然,小女孩本身就是杀手计划外的,更何况她还站在了水手尸体头前一动不动。只是和小女孩目光交汇迟疑了片刻,已然错失了连击杀掉同行的另一个洋人水手的机会。那个身材相近的同伴，反应过来，惊吓得一下跌倒，手足并用，如慌不择路的丧家犬一样从尸体的血泊中逃开，让杀手没有出手直击的距离，眼看着逃出了手中还带血的木筷的射程。

荫翳泥泞的小街巷转出去就是远近闻名的濠畔街，就算在小巷里，那边的吵闹嘈杂也能听得清晰，这种情况追上去击杀已不现实。

杀手当机立断收了手，只得盯着碍了自己工作的小女孩看。然而，他只是一个收人钱财的杀手而已，根本没有兴趣多此一举地杀掉眼前这个手无缚鸡之力的小女孩。

小女孩还看不出杀手是有何意的时候，杀手已然弯下腰，用食指和中指并行左右捋了捋眉毛，努力尝试着微笑地问道："小姑娘，你叫什么名字？"

他们的脚边，那具粗壮的洋人水手尸体一动不动，死得透彻，让人安心。

"阿萩，草字头一个秋天的秋。"

小女孩是这样回答的。

原本没觉得什么，直到杀手扫见小女孩正对的巷子一角有一大丛蒿草后，为之无奈一笑，并捏了一块手边砖上的青苔，以牙还牙地说："张青。嚣张的张，青苔的青。"

从而，他的名字就成了"张青"，不成熟得像个小孩。

这个自称阿萩的小女孩，一身洋布料衣裙，就算有些破旧，仍能看得出用料考究，并非一般人家的女孩。又穿着一双凉爽舒适的木屐，这种标志性的装扮，一看就知道是一个西关小姐，世间最难搞的一种。张青不禁喷了一声，觉得自己真是倒霉，只好不顾及这个西关小姐，蹲到尸体边，把手伸到尸体嘴里去掰尸体的牙。牙刚好掰下来一颗，擦擦干净，从怀里掏出一张油纸将它包好，又塞回怀里，没等阿萩回话，自顾自地向巷子外走。

忽而自己的衣角被拉住，张青回头去看，正看到拉着自己仰头看的阿萩，一脸下定决心的表情。

真不愧是西关小姐，着实太难搞了。

甩掉还是杀掉都非常不现实，张青只好妥协一样地拉住这个小女孩的手，一起走出躺着一具尸体的阴暗小巷。

一旦出来，就如回到人间。濠畔街虽然道路不宽，并且已然比二三十年前的鼎盛时期要衰败不少，但依然是一条到了夜晚就人头攒动的商铺街，还点起了最新进的煤气路灯，灯火通明宛如白昼。街上比邻的各家商铺更是用尽自己的办法把招牌从自家楼上伸到街心，疯狂抢占着穿梭游人头顶、目力所及的所有空间。这已经是光绪十六年（1890年）开埠后的广州，市场早已不再被官立十三行所垄断，商铺各家的商品，瓷器、丝绸、茶叶、西洋参以及所有能叫得上名字的吃食，卖给中国人，也卖给洋人，贸易充满自由。

耀眼的灯光加上嘈杂吵闹的叫卖声，还有讨价还价的吵架声，却是弄得此时的张青更是烦躁，想踩着这帮东挤西撞的游客的脑袋离开算了。可是，大概刚才受了一点儿惊吓，拉在手心里的手，些许冰凉。小小的手，这么冰凉，张青迟疑了片刻，终于还是忍不住问她是不是饿了。见阿萩没有回答，只是微微点了点头，张青的嘴都撇到耳根去了。幸好街边就有蒸

伦教糕的摊子，便让摊主从三块一整屉的伦教糕中拿了一块出来，硬要单买，又扯了摊主手上看的半张报纸，包了包丢给了阿萩。

其实阿萩刚想说点儿什么，看到张青讨价还价和数铜子的样子，才知道原来他是一个这么在乎钱的杀手，突然就把犹豫一路的话给咽了回去，打算观察观察再说……

管不了她到底会不会吃，张青直直地就往街道尽头走。走出濠畔街，顿时又变得昏暗，只是没有那么多的繁杂小巷。穿过一片小树林后，是一条黑黢黢的河。河道相当之宽，水流却不算大，像极了一个五大三粗的壮汉却只有纤细的嗓音。

比起可笑的河流来，他们正对的那座桥更是吸引了阿萩的注意。或者说能注意到它是一座桥已然不易，因为桥的部分只剩下一座座砖石桥墩立在河流里，桥面已经坍塌。不过，它依然不是几座孤零零的桥墩，而是重新用木板搭起桥面。这样混搭结构的桥的两侧，更是有所奇异。全被竹棚子和挂在上面遮风挡雨的苇席给挡住，像是桥的护栏；而在石桥的每一座桥墩的左右两边，是一间间借桥墩的侧壁用木桩支起的悬空的棚屋。

因为苇席底下多少都有摆着烧饭用的火盆，远远近近、忽明忽暗，婆娑着炭火的红光。一眼看去，绵延远去，实则是架在河上狭长的棚户镇。

桥上的味道又霉又臭，着实不太好闻。拉着阿萩登上了桥的张青却一点儿羞愧都没有，走过了两排房之后，推门进了左手边的房。

显然这间桥墩上悬空的棚屋就是这个杀手的居所。

不过，悬在河面上颤颤巍巍的棚屋里面，更是让阿萩瞠目结舌了一下。预想是一个拾荒者一样的屋子，大概挂着一串串破衣烂衫，泛着霉臭味，地上堆满或许可以卖钱或许可以日用的垃圾，可破棚屋里味道异常清新，浓郁的木屑的味道，而地面上也没有那些或许已经爬满蚊虫的单身汉才会收集的破东烂西，堆成山的是一块块大小不一的木雕，半成品。

难以理解……这个杀手怕不会是杀了一个可怜的木雕师，然后住在了他的棚户房子里？

张青根本没有顾及站在棚屋门口迟迟不进去的阿萩，自顾自地进了里面，先是踢开些在门口的木雕，弯着腰挤到了角落里的木台子旁。阿萩侧着身去看，看到张青在葱木台子上拿起一盏豆油灯，又是扭又是晃，弄了半天，终于亮起微弱的灯光。

提着豆油灯的张青，依旧弯着腰走到正式的木雕堆前，又用脚左左右右踢了一通，总算弄出一条通路来，回头叫门外的阿萩："你睡那边。"

阿萩沿着张青手指的方向，隐约看到棚屋深处堆了一摊的被褥，像是一张可以睡人的床铺。

"你乖乖睡觉，别闹到老子就行。"看见阿萩半是爬着过了木雕堆，坐到自己的床铺上去，张青也挤到门边的木台子旁坐了下来，说道。

被随意安排着的阿萩，微微皱眉，心想在一间摇摇欲坠的破棚屋里真的能睡得踏实吗？特别是你还把灯点了……因此，阿萩并未理会张青的提议，把握在手里的伦教糕拿起来，拨开脏兮兮的报纸，无声地吃了起来。

张青一副随她便的样子，同样自顾自地干起自己的事。不知从什么犄角旮旯的地方拿出一块木头放到了木台上，又从怀里抽出两根细长的雕刀。

看到这一幕，阿萩多少有点儿吃惊。这家伙原来一直带着这么锋利的刀，那么刚才的情形，他要是不用木筷而是用雕刀，以他的手力，飞出一支就算不会一击毙命那个水手，至少不会让他跑掉，追上去补刀即可。另外，他的两把雕刀中，有一把刀刃极为细长，显然是潮州木雕里为了镂空雕刻特制的雕刀——毛尾刀。可是听他的口音，显然不是潮州人，况且看他已经开始雕起木块的执着眼神，以及刚才生怕自己打扰到他，似乎只有此时才是他期待已久的时刻的样子……果然是一个难以捉摸的家伙。但至少可以确定，这个颤颤巍巍的悬空棚屋，并不是张青鸠占鹊巢的住所，该就是他的没错了。

张青全神贯注开始雕木块，木块被夹在木台的什么锁扣上，他便用普通的雕刀在木块表面游走，深深浅浅，看不出在雕什么。大概因为他的腕力过于惊人，其雕刻的手速极快，雕刀就如画笔一样。就这样"画"了一阵子，放下雕刀，换上毛尾刀，继续穿梭在了刚才雕出的图案下面。

也许很少能有这么近距离观看木雕的机会，阿萩看得出神，张青却在雕得最起劲的时候突然停手，抽出毛尾刀，极为不耐烦地把那块雕到一半的木头甩手扔掉，看起来就是对这次的作品依旧不满意。雕到一半的木雕正好丢在了棚屋中间的木雕堆上，发出了"啪"的一声闷响。

由于木雕堆已经被踢开一条路，那块雕一半的木头被丢过来，在坡度低矮许多的堆上跳了几下，直接滚到了阿萩眼前。已经到了眼前，不拿起来看看都对不起它跑过来的路。

这一块就像木雕堆里那些一样，也是半成品，只是在木块的一面上画出了些许轮廓，并着力在一处雕出了形状。雕出的镂空于木块上，很难想象就是刚刚用毛尾刀快速雕好的，有着随风摇曳的动感，是一株……

蒿草？

通常来说，都是雕些鱼虾蟹贝、八仙过海之类的东西，谁会雕一株，不对，是一束四五株蒿草。除非他……阿荻此时才想起自己的名字叫"阿荻"，她把蒿草木雕轻轻放到一边。

"喂。"阿荻朝着门边叫道。

"怎么？"丢掉半途而废的木雕的张青，把"情绪不高"演绎得淋漓尽致。

"你怎么什么都不问，就把我带到这里来了？"

显然张青脑中是因为阿荻的问话而浮现出了什么回忆，但他只字未提，只是盯着阿荻看了一眼，问："那你为什么跟着我回来？"

被反问回来，阿荻同样回答不上似的，随手就要捏起什么东西来掩饰。可以捏到的自然就是刚才吃伦教糕后剩下的那半张报纸。

幸好张青没有心思把问题追问到底，阿荻就低着头不去看他，读起了一角报纸。随后她的目光忽然定格在报纸的某处。

"喂。"

"又怎么？"张青本以为因为自己的反击不会再被打扰。

"你知道万国博览会吗？"阿荻把一角的报纸拎起来，在昏暗中挥了挥。

"知道。"

回答得这么快，肯定是不知道。

"说是今年要在香港大办万国博览会。"阿荻又拿着那一角报纸看了看，"就在一个月之后。"

张青只是"哦"了一声，一点儿没有想看一眼报纸或者多询问几句的意思。大概他对万国博览会完全没有概念。

"去年五月的万国博览会是在法兰西的巴黎，咱们大清国送去的瓷器震惊整个欧罗巴了。"阿萩一边说着一边把偶得的一角报纸叠了叠，像是收藏珍宝一样收了起来。

"那去什么香港，怎么不在十三行夷馆街办。"果然还是击中这个显然痴迷于木雕的杀手的某处神经，张青忽然来了兴致，"当年的十三行，咱们自己就有会展行，年年办，年年都是趋之若鹜的洋人，不丢大把银子买货，根本舍不得走。"

"那你不想雕一个什么去参展，再震震那些洋人？"阿萩用眼神示意地上堆的那些半成品木雕的真实归宿。

然而，张青只是喷了一声，让这间泛着霉臭和木屑香气的、杂乱简陋的，甚至总感觉摇摇欲坠的小屋又变得静寂无声。

过了很长一段时间，张青才终于又说了话："太晚了，先睡。"声音就像是从一具空壳里发出。

张青靠到门边漏光的木墙，用两指左右捋了眉毛后，找了找稳定点，将油灯扭灭，忽而又自言自语嘀咕了一句"香港啊……那么远，大概很花钱的"后，就不再出声。

此时，只有远处忽而传来的蒸汽火车呼啸而过的声音。

铁路竟已经悄悄通到这里了？

无奈只能躺下的阿萩，侧身透过墙壁的木缝往外望了望，看到的是黑黢黢的河水，得不出确切的答案。

二

光绪十六年（1890年），清政府根本没有在广东修建铁路的计划，无暇顾及也好，害怕洋人从南洋走铁路进入内陆也罢，就算其他开埠城市都开始修建铁路，广州这个曾经唯一的窗口，现在依然被闲置在了南方。然而，广州毕竟是广州，近百年来，一场大火、几场战役，就算毁了昔日聚集了不仅是大清国甚至全球财富的十三行，它们也不可能转身就退出耀眼的历史舞台，在时代洪流中做着各种垂死挣扎。挣扎的样子，正如这个私自建起的铁路，贿赂着眼前的官员，隐瞒着遥远的皇帝，勾结着蛮横的洋人。

而此时，张青带着闯入自己生活，还扰乱了工作的阿萩，到了一座气度不凡的砖石洋楼前。高大的洋楼没有挂牌，但能听到蒸汽机车运转起来的轰鸣声，看到它背后的滚滚黑烟，已经不难猜出正是十三行的遗存们建起的火车站了。铁路从佛山方向而来，从北面绕过逐渐巨大起来的广州，明目张胆地截止在距离沙面租界极近的旧时十三行街的背面。

十三行火车站的大门足有旁边洋楼一层半之高，不透光的铁门右扇的左端又开了一道小门。张青走过去握紧门环敲了敲，里面就传来了不耐烦的询问声。

守门人看了一眼，显然是认识张青，又看了一眼他拉着一个小女孩一起，不禁极为不屑地冷笑了一下，开门让他们进来。

进了站里面，是拱顶大蓬房，蓬房即车站月台，有四条铁轨伸进蓬房，走到尽头。月台另一端还开着一道门，正有几个苦力在卸唯一停靠在站的列车上的货物。阿萩不知道会去哪里，张青倒是轻车熟路，带着她上了月台，说着什么"正巧了"，就上了那辆停靠列车近车头一端三节封闭车厢的第三节。

车厢里面，扑面而来的是异乎寻常的装潢……

装潢，要说奢华确实没错，在车厢的两侧摆着的红木家具就是明鉴，但正面的地方，那里的摆设未免过于突兀。一张左右顶到车厢壁的长桌，桌上中间架着一座装饰用的牌楼，牌楼是四柱三间高规格样式，只是牌楼上一块雕着松柏图案的浮雕，而非一般的八仙过海、虾蟹虫鱼之类。然而即使再有多少怪异，这个长桌以及牌楼内侧能看到的烧火炉子，都让人无法不认为这就是被硬塞进车厢里的汶汤铺子。

车厢里汶汤铺子的后面，则坐着一位巨汉。或者准确地说是一位身材巨大却两鬓斑白的老人。

"喂，洋参佬。"张青拉了两把木板凳过来，就坐在了车厢汶汤铺前面，"老子来了。"

洋参佬穿着一身蓝布褂子，显不出太多腰身的臃肿，但后收的下巴足足有四层的肉，完全暴露出了他身上的脂肪。看到张青已经坐好，他倒是不着急，皮笑肉不笑地说："别没大没小地在老夫这里称'老子'。"同时皱着眉看着张青带来的陌生人阿萩。

"我远房表妹。"

"呸!你小子就没一句贴谱的话。"但洋参佬也只是又打量了几遍阿荻,便和蔼地问她,"小姑娘,想吃点儿什么?"

"你这儿除了参汤还有别的?"张青不屑地说,"两碗参汤,渴死老——渴死我了。"

"两碗都是要付钱的。"洋参佬缓慢地说。

这一次换成张青喷了一声,像是有要把阿荻面前的碗推回去的意思。

"到底给不给喝汤。"张青猛地站起来,想要自己去盛汤,结果被洋参佬隔着长桌和牌楼用汤勺按了下去。

突然吃了亏的张青,满不乐意地坐了回去,只好等着洋参佬去给两个人盛汤。盛汤所用的汤勺还是刚才那柄,而碗里的汤,张青探头看了一眼,根本没有一丁点儿的汤料,只是表面漂了一层油而已。

还在阿荻想着如何矜持一些的时候,张青已经端起碗喝了半碗汤,毫不客气地对着洋参佬说:"死参佬,我喝汤三十年,立刻能喝出你的汤根本不是用的花旗国的参。"

洋参佬听闻立即狠狠地呸了张青一声,咬牙切齿地说:"你懂个屁。"

"那就是你的参发霉了。"

张青不依不饶地说。一丁点儿冷酷杀手的样子都没有了,更不懂的是他带自己来这里到底为了什么。随后,张青从怀里掏出了那个油纸包,放在了汶汤铺的桌上。

"脏死了!"洋参佬看到油纸包,抱怨地骂着,立刻拿了过去。他把油纸包打开看看,哼了一声,说:"只有一颗?"

"还有一个今晚给弄来,我怕丢了,先放你这里。"

"齐了才能结算。"

"废话,我又不是菜鸟。"

"呵。"洋参佬依旧是皮笑肉不笑地透过牌楼看着张青。

"我们走。"张青拉着阿萩就离开了车厢。出了昔日十三行的财富遗存,直到走出了车站,张青才又和阿萩说起话来。

"看见了吗?那个牌楼是老子给那个老头儿雕的。"

他似乎很得意?也难怪,毕竟那是他为数不多的完成品。

是被硬拉去珠江一条乱七八糟的支流航道上去的。毕竟距离西关不算太远,房子也好巷子也罢,都建得规规整整。只是地处省城外,沿航道往上游走走,也就荒凉下来。江边的堤岸小路,路边平坦且杂草丛生,能望到的是省城珠江沿岸。林立的众国洋行面前,蒸汽轮船停靠、驶离,拉着汽笛此起彼伏,川流不息地在用贸易和滚滚黑烟运转着半个大清国的财富。

大概因为路途遥远,张青带着阿萩一路走到了太阳西斜。原本晃眼的

日头,渐渐变得金红,又渐渐隐没在了远处的层叠树梢之下,然而红光却没有随之褪去。重新披上黑装的航道江水,远端是一片通红。是灯火,却又不是漆黑江水映来的岸上灯火,而是实实在在江面上的一艘艘接连而停的水寮,每艘船上都挂满灯笼,和所有岸上的商铺街没什么两样,靠着更明亮的灯光和在空中伸得更远更惹眼的招牌来招揽生意。

其实阿荻还没见过这种十来艘水寮停靠岸边组成了的商铺街。看着每家水寮都有人站在岸上拼命喊着,时不常生拉硬拽地把路过的客人推上自家店里,多少觉得新鲜好玩。特别是在水寮成排的岸边码头上,游弋的多是些高高大大的洋人,就更平添不少别的地方难得一见的趣味。不过她知道张青带自己到这里不是来玩的,只好收了玩心。

海天一春——张青拉着阿荻站定的水寮,牌匾上的名字。这艘水寮要比前面的大了不少,与其说海天一春是一艘船,不如就说是水上楼阁好了。整座水寮足有三层之高,可想而知下面的船体有多巨大。两个人站在这座水上楼阁的码头前,变成了一高一矮两个渺小的人影,只有身后的影,被楼阁每层都挂满的灯笼灯光拉得细长。

熙熙攘攘往里走的,都是一个穿着像模像样长衫的华人,带着一个人高马大却并不怎么体面的洋人。

再不通世事,阿荻也能明白过来,这艘名叫"海天一春"的大舫的用处。更何况,朝廷一直有规定,不允许洋人登陆过夜娱乐,这里这么多贼眉鼠眼的华人带着洋人过来,显然都是白天谈好了生意,傍晚靠自己的关系和能力藏了他们,现在再带来让洋人们尽情享乐的皮条客。

站在洋人和皮条客群中的张青,倒是胸有成竹得很,拉着阿荻就进了海天一春红彤彤的大门。登上海天一春，进去则是大舫最奢华的展现——迎宾大厅。迎宾大厅把顶子挑到最高，三层的楼阁和朝向大厅的走廊尽收眼底。当然，悬挂的灯光同样少不了，不仅用了灯笼，还点着煤气灯。煤气自然是从岸上接进来，花销之大，可见这里是有多么赚钱。

在迎宾大厅里，不仅有夜夜笙歌的骄奢淫逸，以及一个穿着夸张的鸨母在热情地招呼着每一个登船的洋人，同时也有站在各角，面目狰狞的壮汉保镖。

不过，对付他们张青早有打算。大概由于昨夜捡到阿萩这个小女孩，他才想到的现在的办法。来到海天一春这种地方，一个落魄男人拉着一个小女孩的组合，已经不需要再多伪装，就是一副人贩子样子。那些壮汉保镖也都心知肚明一样地对他俩视而不见。

这个杀手还是有点儿聪明的，被硬生生拉着的阿萩在心里揣摩着。同时，她也不忘认真警示一下这个杀手，拉住了张青的衣袖，用最低的声音说："你要是敢把我一个人丢在这里，我就喊，喊到保证你出不去这艘船。"

"我只是一个收钱干活的人而已，不是那些人贩子，不靠卖小姑娘过活。"张青也极低声地回应了阿萩，但语气有些微妙，好像阿萩的话激起了他什么不好的回忆，些许反感涌上。

阿萩觉得尴尬，正巧看到张青捋了一下眉毛，立刻岔开话题问："你为什么总是做这个动作？"

"图一个好运。"

原本已经放下心来的阿萩，忽然间又发现哪里不太对劲。

他们伪装得很好,没有引起任何一丁点儿的怀疑,但张青带着阿萩在大厅里站着,除了刚才说了两句话以外,竟是一直在发呆。一开始以为是被这份奢华给震住,现在阿萩明白了……

"你不会是不知道该去哪里找那个跑掉的水手吧?"阿萩显得十分无奈。

张青惊讶地看向阿萩,小声问:"你、你怎么……"

"我是傻子吗?"阿萩懒得等张青把疑惑问出,直接反问道。

"不是,我不是这个意思,我是问你怎么知道我来这里的目的是……"张青忽然慌张得根本不像个训练有素的杀手。

"我再说一次,我是傻子吗?"阿萩连无奈都已懒得去流露了,"所以,你根本没有调查清楚就贸然跑来了?"

张青已然被阿萩连珠炮似的问话给弄得无言以对。

"怪不得还要祈祷咧……你的脸,被那个水手看到过,不怕又让他跑了再也追不回来?"

张青低下了头。

"很好,我竟然傻到毫无防备地被你带到这种境地里来。"

阿萩皱起了眉。

是在为自己思考办法?张青只能等。不过,这个小女孩皱起眉的样子,好像还挺可爱。

"你确定那个水手今晚一定在这艘船上?"

张青十分确定。

阿萩又悄悄观察了一下周遭环境,说:"那么,在下层船舱里,亮着的房间就是。"

突然说出如此具体的地点，张青大吃惊，张目结舌地想问她是怎么确定的。

"现在是愣着的时候吗？"阿萩没有给张青什么时间去思考，不过还是微微叹了口气，解释了一句，"是那些龟公的宿舍。"

确实不能再发呆，不然很快就要遭到怀疑，那样就很难办了。行动先于思维，张青只是再扫了一眼大厅里的建筑结构，便看到了阿萩所说的下层船舱的入口。她是早已观察到了？这个小女孩似乎并不简单。

张青没有再去多想，拉着阿萩就往入口走。这样的举动，自然引来了一个壮汉保镖的询问。张青回应说，是要带给龟公调教一下才行，笑得极为猥琐，但十分有效。壮汉保镖没再多说，放他们进去。

进到下层船舱，与上面的灯火通明形成了鲜明对比，阴暗潮湿，只有逼仄走廊的远端有些灯光从某处房间里露了出来。

和阿萩所猜测完全一致？张青觉得有些神奇。

"果然了，"阿萩似乎也是因为印证而松了一口气，"明白了？那个水手不可能藏在客房里，落魄到要被你杀了，哪里还有钱进客房。所以，只可能在和他对接的龟公房间里暂时避难。你再看看现在那些龟公们，正是最忙的时间，谁可能在房间里干等着回扣跑到别人口袋里，所以现在在房间里的只可能是那个倒霉的水手。"

言之有理！

只是张青没有再发出什么赞扬，而是小心翼翼地轻步向光亮走去。那间房正在这一层的茅厕旁边，臊臭得有些让人皱眉。张青从怀里抽出一根

木筷，反手握紧，轻推门探步进去。

本以为会发出一阵激烈的打斗声，结果屋里却悄无声息得让阿萩觉得有点儿发毛。心里在想，难道是自己推断有误？旁边的那间骚臭茅厕突然有了动静。茅厕的门，被粗鲁地打开。一个巨大的身影从里面钻出，还骂骂咧咧说着番鬼的话，好像是在骂那个茅厕又臭又没有灯。

声音过于唐突，阿萩完全是条件反射地回头去看。即便再昏暗的光线，阿萩还是一眼认出了这个巨大的身影，就是昨夜从同伴尸体旁仓皇逃窜的那个洋人水手。水手刚从茅厕出来，正撞见一个小女孩在自己藏身的房间门外，他第一反应是舔了一下嘴唇，但当他看清这个小女孩的长相时，顿时大惊失色。与此同时，那道透光的门也被打开。

绝对是水手的求生欲过强救了他，实际上张青进到房间里摸索一遍发现确实没人，就立刻担心站在门外的阿萩会有危险，准备闪身出来。同时听到外面有骂骂咧咧的声音，更担心阿萩。然而，那个水手已经更早反应过来，在张青夺门而出之际，已然一把将阿萩掳到怀里，转身用阿萩挡在面前，并发出了屠宰场里一样的号叫。

只是水手的一切自救举动，在张青眼里全无意义。他手中的木筷从反手换为正手去握，根本不在意那个水手吵人的号叫，直接将木筷飞出。木筷如一支冷箭一样，无声穿透衣服，射入水手没有用阿萩挡住的大腿。

水手哀嚎一声，把阿萩扔了出去，伸手去拔木筷。木筷恐怕是刺中了大腿的大动脉，还没拔出，血已经喷出。此时，张青已经从怀中抽出第二根木筷，反手握住刺入水手的咽喉。

整条走廊顿时无声。

"竟用了两根。"张青发出破坏了完美的遗憾之声，一把将被喷了全身血的阿萩抱到怀里，向来时的方向跑。

一定是刚才水手的怪叫引来了原本在上一层迎宾大厅的保镖壮汉，就在张青抱着阿萩跑到一半时，楼梯口冲下来了三个壮汉，你推我搡地往里挤。

见到挤进来三个壮汉，阿萩一头扎进张青怀里，干脆全托付给他算了。结果才刚刚埋住头，就听张青突然"哎呀"喊了一声，竟是调头往回跑。

这么胆小的吗？！阿萩心里大呼，尚未做出反应，自己已经被抱着跑回到刚才那具尸体旁边。

到了尸体边，奔跑的张青突然收脚，在阿萩还没反应过来他要做什么的时候，他已经开始狠狠地朝尸体的面门踩去。大概是他穿的鞋子底太薄，只是踩了一脚，就疼得他嚎出了声。不过，效果看起来还可以，他这一脚，踩下来四颗牙。

狭窄的走廊里被三个冲过来的壮汉挤满，朝着这边呼啸而来。方才选的唯一出路，已然不可能通行。张青动作倒没有一丝迟疑，单手将阿萩夹在腋下，弯腰抓了一把碎牙，立即向出去的反方向跑去。

那边确实还有一扇小门，虽然并不知道通往何处，但只有此一个选择。可以说，张青的即时抉择是果断且唯一的。

一脚踹开小木门，一股潮热的风扑面，竟是可以看到外面映着海天一春的红光的江水。

还没等阿萩有反应提出异议，张青已然没有丝毫犹豫地夹住她一翻身

跳入江中。

确实,依然是最明智的选择,但……阿荻还没最终确定这个判断,已经直入水中,耳朵被河水击得"嗡"的一声,只听见船上大概是那个在迎宾大厅的鸨母破口大骂:

"野鸡!乌骨鸡!白切鸡!三黄鸡!花椒鸡!椰子鸡!垃圾!"

没完没了,没有重复,没有意义。

四

一点儿都没有想象中该有的英武之相。

回忆全程似乎都是在逃命,以及逃跑的过程中顺手完成了任务……

不知该如何评价整个过程的阿荻,全身湿漉漉得让她更加心烦意乱,结果抬头正看到张青一脸的笑,就好像一直是在玩一样,而且玩得十分开心。此时的阿荻绷不住了,从牙缝里挤出一声"颠佬"。

张青无所谓被骂了什么,似乎开心够了,也不顾两人都是落汤鸡的样子,就带着阿荻往省城方向回去。省城街道已然灯火通明,特别是沿珠江的漫长江岸走去,可以望见对岸沙面租界沿岸,建的那些漂亮的洋楼和岸这边雄伟的各家洋行建筑,争抢着点亮自己一片空间,遥相呼应,隔岸相望。

在如白昼的堤岸上走,全身湿透的两个人显得更加落魄。幸好很快就走到了那座明目张胆的火车站大门前。

果然这家伙完了工就会立刻过来交差。阿萩看看巨大的铁门,已经不再陌生。

那列蒸汽火车仍旧停在原地,一直等待张青带着新掰下来的牙齿到来,不动如山。

"呵,听说你晚上在海天一春大闹了一场?"洋参佬开门见山地说,同时打量了一下两个仍旧湿漉漉的访客,"看来确实如此了。"

"死老头儿,消息也太灵通了。"

"废话,海天一春的鸨母都……"洋参佬欲言又止,十分唐突地变了表情,怒目瞪向已经坐下来的张青,"跟你小子说过多少次了,给老夫放尊重一点儿。"

张青不屑地哼了一声,在怀里掏了掏,直接丢了四颗牙在桌上:"交差。"

"你小子能不能长点儿心!"洋参佬立即找了一张油纸,极为厌恶地皱着眉,缩着头,伸长了手去捡四颗牙,终于把牙从汶汤桌子上弄走,也没有仔细去看就包了收起来。随后表情略缓和下来,语重心长地向张青说:"老夫跟你讲,别以为你是老夫捡来的,就高枕无忧了。利福堂里能用的人,干你这种活的,更是多了去了。要不是老夫一直关照着你,你早就饿死街头。"

"啰唆死了。"张青已经相当不耐烦,"现在可以结钱了吧。"

洋参佬吃力地弯腰去拉汶汤桌子里侧的抽屉,捡了三个铜板、一块碎

银放到了桌上。

张青抓了钱，同样没数，立刻问："赶紧，再来一个差事。"

突然被要差事，洋参佬惊讶不已："你小子今天吃错药了？怎么突然这么勤快？"疑问之后，洋参佬忽然明白过来什么，又看了看旁边一直默不作声的阿萩："这么缺钱的吗？老夫给你找，你别着急……"说着又弯下腰到另外一个抽屉里翻了翻，拿出一张纸来，递给了张青。

"又是洋人？"张青看了看纸上的画像。

"是花地那边一个叫自理堂的教士。叫威廉什么的，英国佬，整日不干正事，总是搞些植物的书给中国人看，挡了我们的生意。"

洋参佬描述得非常简单，但对于张青来说足够了。张青看了看画像，已经记住了长相，便又还回给洋参佬，起身拉着阿萩便走。倒是洋参佬又低声喊住了他们，千叮咛万嘱咐一样地说："别忘了咱们利福堂是有堂规的，破了规矩，你别怪老夫找别人把你除了。"

"人老了是不是就会变成你这样。"

"你小子……"洋参佬咬牙切齿地说，"给我站住，老夫不放心，你给老夫再说一遍堂会诗。"

"丢。"张青已经拉着阿萩到了列车门口，被叫住只好应付事一样背起来，"苟利国家生死以，岂因祸福避趋之。"背完之后，拉着阿萩扬长而去，在月台上还是听到洋参佬似有似无地叹了一口气。

出了火车站走了一会儿，一直没有说话的阿萩才又说了话："你们的堂会诗很高尚。"

"谁知道什么意思。"张青一副大大咧咧的样子。

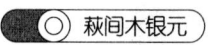

"所以,你们堂会是什么规矩?"

"规矩多了去了。"

"比如?"

张青盯着问到底的阿萩,像是在看稀奇物件一样,看了好半天,表情都一本正经起来,才终于接话:"比如堂会成员决不允许参与人贩活动。"

"哦……"

"怎么样,现在放心了吧。"

"哦……"

"丢。回家。"

"其实,我还想问一个问题,一直憋在心里没问。"

"但说无妨。"张青大步向前走着。

"你明明带了很多把雕刀吧?"

"对呀,带了三把。"

"那为什么在船上时,用光了木筷不用雕刀应急杀出去,偏要……跳江。"阿萩厌恶地弄了弄仍然湿漉漉的头发。

"我还以为是什么灵魂问题。人又不是木料,也配?"说着,张青摸了摸自己的怀,像是安抚什么小动物一样。

阿萩似懂非懂地看着这个各方面都有些奇异执着的杀手,没有再说话,只是跟着往回走了。

大概因为是难得的晴天,桥上各处苇席底下都坐了三三两两的人,说是乘凉,实际上已经烧起火盆,烤着些河里捡来的臭鱼烂虾,冒着缕缕黑

烟,散发腥臭味道,噼里啪啦声此起彼伏。

根本没抱任何期待,没想到进了悬空的破烂棚子之后,张青主动在黑暗里翻了翻墙角的一个杂物堆,弄出一块破布,丢给了阿萩,并说:"那边还有一件我的衣服,不是太潮湿。"

"成吧。"阿萩本来已经忘了先前张青抱着她跳江的窘迫,现在想起来又有些气了,头顶着那块破布,把张青推出了房间,严严实实地关上了木门。

同样湿漉漉的张青在门外等了许久,门终于又打开了。

似乎一旦回到这个棚屋,张青就会顿时变一个人一样,方才的嬉皮笑脸也好,大大咧咧也罢,全然不见,不再说话。也不再顾及那个裹着自己衣服像一只小猫一样缩在熟悉的床铺上的阿萩,俯身钻进屋里,就像饿急了的野狗,直奔门边的木台。坐到木台前,弄出一大块木头来,就用刀削了起来。

所以他后来一直沉默不再说话,是开始构思新的木雕?他是不是有点儿过于痴狂……但他还要自己先换了干衣服,又不得不承认有着细心的一面。

仍然是极快的手速,然而这一次并没有用雕刀或者毛尾刀,而是用了方凿刀。是在勾勒平直的表面?一般来说,潮州木雕里用上方凿刀都是在雕琢亭台楼阁的屋顶、瓦片、房梁时用,可是他的木台上似乎不止放了一块木头,他是在一块一块地削着……虽然他点了油灯,但光线依旧过于昏暗,根本看不真切,更难以理解他在做什么。

又只能等待了。

同样等了好一阵子，张青终于放下刀，站了起来。

这一次他没有半途而废，而是雕了一个完整的东西出来？看来还挺满意，因为他已经拿着那样东西，越过木雕堆，到了床铺边，递到了阿荻的手上。

递过来的眼神，就像是要师傅审查自己作品合不合格一样，紧紧张张，小心翼翼。

然而，当阿荻拿到张青的作品之后，顿时只剩失望。

"什么嘛，孔明锁？"弄了这么半天，等了这么久，就做了这个？这种失望甚至还带有一些不快，阿荻皱紧了眉头，"别把我当小孩子哄。"

话是这么说，但明明没见张青用过打磨工具，手中的孔明锁还是摸起来光滑温软，让她仍是忍不住动了手。当然，区区孔明锁，阿荻只需要三下两下就把它给拆开了。把木零件捧到手里递还给张青，示意说自己根本不是小孩子。

在面对木头这种东西时，张青似乎更像个孩子。他发现阿荻对自己作品的态度根本没达到预期，便生硬地赞许了一声，接回木零件，又挠了挠头，可以看出他皱着眉是在重新思考什么。

这又是哪一门子的执着呢？

张青思考了片刻，问阿荻："你有钱吗？"

阿荻被问得愣住。

张青又用手指比画了一下，做了一个环，说："就是那种，不是银锭子。"

阿荻咬了咬嘴唇，不知道张青什么用意，只好点头去到自己湿漉漉的

衣服里翻了翻，拿出一枚银元。

"嚯，这么有钱。"

"不许惦记，是我弟弟留给我的。"阿荻皱着眉说。

"弟弟？"张青看着阿荻，目光认真，"你也有弟弟？"

"谁还没个弟弟……"

"行行行，不惦记，你放心，先借我用一下，给你看一个好玩的。"

"不许把我当小孩子。"阿荻这样说着，但还是把那枚银元递给了张青。

张青接过不情不愿递来的昂贵的银元，神秘地笑了笑，从怀里掏出一把雕刀，捧着那一堆孔明锁零件，转身就去木台子上鼓捣了起来。

不清楚又等了多久，大概是在阿荻昏昏欲睡，实在坚持不住的时候，张青又拿着装好的孔明锁过来了。

"什么嘛，不是说了吗，不要把我当小孩子看。"

这次张青没有顾及阿荻的异议，直接又塞回到她的手里。

阿荻无奈，只好再次去抽关键的一根木条。

果然没有抽出来……阿荻意料到了这个新的开端，不屑地露出一丝笑容，重新审视手中的孔明锁。这个崭新的孔明锁如果从外观上来看，并没有什么特别的变化，只不过约定俗成的应该抽出的第一根木销，遇到了阻碍。阿荻又去实践性地抽插了其他几根木销，发现原来有的木销可以转动，转动之后一切问题都迎刃而解，照着重新构思的思路，没有几下，新的孔明锁就又被拆卸成了一堆木零件摊开在了床铺上。

"好了，略有点儿难度，但完成……"阿荻尽可能地表现出不屑一顾的样子，却发现同样一堆孔明锁木零件里有了一丝的异样。

"呃……"阿萩拿出夹在新的孔明锁中心，只有完全拆开它才能看到的自己那枚银元，忽然明白了新的孔明锁到底异样在哪里。

"哈哈，你完成新的任务的奖励。"张青说出这句话时相当地得意，"怎么样，得到奖励开心吧。"

"本来就是我的银元……"阿萩确实觉得重新拿到这枚银元颇有些成就感，因而感到心情舒爽不少。

"是你弟弟的。"

"好……"阿萩把这枚视为珍宝的银元，迅速收回到她自己的衣服内侧，大概那里有一个暗兜。随后微微皱眉思考了一下，态度略有改观地继续说："新的孔明锁确实有点意思……你刚刚想到的？"

"当然了，要是早想到，我干嘛不早就做好？毕竟一个人可以玩的玩具，才叫作玩具。"

"原来你是这么喜欢做玩具的木雕师。"

不知是"玩具"还是"木雕师"中的哪个词，让张青听得十分受用，脸上抑不住浮出些得意。

"所以……"阿萩努力让自己显得成熟稳重起来，"你不只是手艺还可以，脑子也挺快的啊。"

张青依旧洋洋自得，说："这算什么，我跟你说，我还想过一个更有趣的。"

"那你倒是做啊。"阿萩根本不给他飘起来的机会。

果不其然，阿萩三句之内，必能把张青噎住。

"你有这个本事为什么还要干现在这种勾当……"

……

本以为是乘胜追击,阿荻此时才发现也许是触及到了什么不该去触碰的事情,悄悄低下头。

倒是张青没心没肺一样,又冒出一句,说:"我倒是觉得咱俩可以成个搭档,所向披靡。"

随后自己捋了捋眉毛,没来由地笑了起来。

笑声也解释不了他所说的"搭档"到底是哪个方面的。

五

自理堂建在和广州省城隔江对应的南边花地。

搭一艘"野鸡船"过了珠江就能看到,是一座基督教堂,建在了江边。从教堂出来就是花地一边的珠江堤岸,因为没有江对岸的繁华,没什么人去打理江边的堤岸,长满了摇曳的杂草。不过有这些野趣风景依然不错。

自理堂是基督教堂,所以没有略显恐怖的哥特式的尖顶,砖石建筑的墙面是低调的灰色,只有正堂两侧的大窗,装上了漂亮的彩色马赛克玻璃窗,显得有那么一些与众不同。

远远地就看到一个穿着长袍的教士，手里拿着一个本子，站在江边又是弯着腰看杂草，又是在本子上写写画画的，专注的样子有些傻里傻气。显然，那就是他们的目标——英国教士威廉。

张青并没有急于靠近目标，因为现值晌午，来来往往去教堂的人还有很多，没办法在大庭广众之下杀人。这也是张青一定要带着阿萩过来的原因，虽然洋参佬仅仅只言片语说了一下威廉的情况，但既然知道这个英国佬喜欢随处去给中国人传授他们的知识，就基本知道是哪一类人，从而带着阿萩扮成了想带女儿免费学习新知的一对父女，以便不突兀地接近。

威廉在户外时，他们没有靠近，一直等到正午，威廉收拾了本子和笔，回了自理堂。

看着上午来教堂做礼拜的人，陆陆续续走得差不多了，而威廉也一直没有再出来过。张青拉起阿萩，示意可以行动了。

张青带着阿萩的样子着实像那么回事，以至看到他们进了教堂的其他教士都心领神会起来，操着蹩脚的中国话主动告诉他们，那个热衷于传播知识的威廉在哪个房间。感觉威廉在他们之中也是一个离群的呆子而已。

威廉的房间在自理堂左侧的别院，只是一间简陋的平房而已，并且因为是别院，根本无人问津。本来太适合动手，结果当进了威廉的房间，发现自己还是想得太简单了。威廉的房间里面像极了洋学堂的一间教室，有并排的桌椅，窗边还有大桌，上面摆满了玻璃罩子，罩子里全是不同的植物，大概就是洋人最喜欢弄的那种可以保存很久的标本了。而这样布置的最大问题就是……原来威廉是在这里传播他的科学的。所以，现在房间里坐着五六个小孩，正在听威廉用字正腔圆的中国话讲课。

幸亏带着阿荻一起！张青在心里长吁一口气。随即，极为自然地直接把阿荻抱起来，放到了离得最近的凳子上，再朝着其他站在四周看着自己孩子上课的大人们点头微笑，似乎有什么心照不宣的默契。

唯独就是，本为了防着洋人会用洋枪对付自己，而足足准备了三根木筷来杀一个人，现在三根木筷以及多把永远带着的雕刀在怀里，多少显得有些鼓鼓囊囊莫名其妙。不过，倒也无所谓了，哪个带着求学的女儿来拜访免费先生的穷酸慈父没有一点儿古怪的地方呢。

半路进来的父女，恐怕威廉早已习惯，没有一点儿停顿，继续讲着他要讲的内容。闲极无聊的张青仔细一听，原来讲的正是珠江边的植物，想起他上午还在江边观察杂草，总觉得有种临时抱佛脚的感觉，差点儿忍不住笑出声来。

又讲了大概一个钟的时间，威廉终于宣布下课。小孩们蜂拥而散，张青以为终于等到了时机，结果发现最后竟然还留下一个大人没有走，而且看起来还不是中国人，从表情大体猜出是一个日本人……

张青在心里骂了一声"丢"，只好拉着阿荻打算就此离开。一直似乎在认真听讲的阿荻，此时却一把将张青拉回来，凑到他耳边说："不再观察观察吗？不观察明天来了还是动不了手。"

这个小女孩似乎很不简单。

张青没有流露出任何异样地抱起阿荻，像极了求知若渴的人，带着她一起走到了威廉的身边。此时的威廉已经和那个日本人说起话来。

阿荻十分会演，没有直接走到威廉身边，而是到了摆放植物标本的桌子前，用看得出神的样子对着晶莹剔透的玻璃罩子。

看了一小会儿，阿萩的举动便引起了威廉的兴趣，和日本人用英语说了两句，就走了过来。

"小姑娘，你这么喜欢植物？"威廉的语气亲切和蔼。

阿萩用力点头。

"刚刚好的是那位日本国朋友带来一套日本国的纸牌游戏，上面有很多的植物，咱们一起玩一玩吧。"

这是威廉寓教于乐的惯用手法吗？阿萩又点了头，便一起过去。

听威廉转述知道有人想玩自己带来的纸牌，那个日本人十分开心，立刻用他发音极为古怪的英语给威廉讲起了规则，威廉再用中国话给阿萩讲解。

站在一旁看着一切的张青，心想有阿萩的协助，也许今天就有戏完工了。

日本人将纸牌拿出来，在桌子上全部摊开。仅从牌面上看，就知道和西洋人爱玩的那种扑克牌大不相同，既没有数字或者表示数字的图案，又没有人物的头像，多是些花花草草，是月亮是仙鹤，最多是一个在雨中打伞的看不清脸的人。

怪不得威廉会对这套纸牌感兴趣，同时，也怪不得这个日本人会找上威廉来推销自己的纸牌游戏，正好对上口味。可惜他来晚了，威廉这个人已经没有什么时间能给他做推广了。

日本人的纸牌游戏，玩法也和西洋的纸牌靠数字组合取胜大不相同，是按一年十二个月对应的各种动植物组合多寡计算得分。游戏规则听起来也很简单，阿萩听了一下便已经明白，并且还从一摊牌中抽出了一张，转

身展示给一直死死盯着全场的张青看,说:"日本国的纸牌里也有我的名字。"

牌上画的是随风浮动的蒿草,张青大概想起把阿萩捡回来的第一夜,自己半途而废的木雕,不禁苦笑了一下。

"那是七月的牌,和现在的月份刚好相衬。"已经知晓纸牌规则的威廉笑嘻嘻地给阿萩手里的纸牌做习惯性讲解。

"不如我们玩一局看看?"阿萩把那张蒿草牌放了回去。

威廉翻译给日本人,日本人一听兴奋不已,立即把摆在桌上的牌收到手里,动作娴熟地洗了洗牌,从最上面翻开八张牌,露出牌面摆在了桌子中间,又分别给自己和阿萩扣着牌面发了八张牌。随后,就张着双眼等阿萩抽牌。

阿萩不犹豫便开始了刚刚学会规则的日本国纸牌游戏。

仅仅半个钟过去,那位拿着本国纸牌游戏来推销的日本人就溃不成军地败北了。

日本人看着无法挽回的败绩,长叹口气终于放弃挣扎,决定收摊回家。不过,在临走前,说既然阿萩这么善于玩日本国的纸牌,不如把这套纸牌免费送给她好了。

阿萩微微地、礼貌地笑了一下,没有接纸牌,而是和威廉说:"帮忙跟他讲,两个人才能玩的游戏有什么意思?这样的游戏只能更容易让人感到孤独,不是吗?"虽然阿萩是在反问,但她并没有等日本人的反应,而是回头看了看张青,眼神里带着自豪。

本来看得云里雾里的张青,此时没反应过来阿萩所说的到底是什么意思，只是明白她做这些一定是为了快些撵日本人走，而满意地向她点了点头。

站在一边的威廉，同样细品着阿萩的话，哈哈笑了，笑着笑着则停了下来，表情骤然严肃，说："我今生恐怕只有到此时才感到受益匪浅，谢谢你啊小姑娘。"

威廉一笑，包括日本人在内都觉得莫名其妙。日本人见势，正如张青所期待，连忙收了纸牌，做着"受教了"的表情，识相地告辞了。

日本人出去后，威廉的房间里重归宁静，就像房间外的别院一样，甚至听不到珠江上的嘈杂。

威廉没有奇怪为什么两个新面孔没有离开，而是走到摆放植物标本的桌前，那里放着他上午还在往上写写画画的本子。将本子抱在了怀里，坐到了一边的椅子上。随后，终于第一次看向张青，面容安详地说："我知道你来的目的，知道我的博物学得罪到了什么组织的利益。就算跑掉今天，也多活不了几天，是跑不出中国回到家乡了。不过，我真的算是幸运，你在带走我之前，竟然能为我带来这位小姑娘，让我的人生都觉得豁然开朗。挺感激你的。"威廉又停顿了一下，是在下定决心，"好了，动手吧。"

等了太久的张青，没情绪再回应他啰里八嗦的死前遗言，点了头表示尊重后，从怀中掏出了一根木筷走近威廉。

威廉看到是一根木筷，不禁倒吸一口，似乎刚刚做好的决心都顿时消失。

"不好意思，请把本子挪开一点儿，这样不会太痛苦，而且能尽量不让你喷出太多血，弄脏了你的衣服。"

说完，张青正手握紧了木筷，站在了威廉的正前方。

威廉咬了咬牙将本子从胸前挪开，突然又喊了一声："且慢！"

威廉突然一喊，气得张青顿时后悔刚才多说那么多话，还不如刚才直接就刺死这个洋教士，咬着牙盯着威廉。

"有的时候，人留下的东西，比留下来的人更有意义。不是吗？"威廉不敢动身体，指了指桌子，并且把他的本子也放到了上面。

啰嗦死了。张青不再顾及什么，已经将木筷迅雷不及掩耳之势，从威廉的胸口向左上刺入，穿透心脏。

威廉没有做出任何反应，已经断气，只有嘴张开的形状像是在说一声"谢谢"。

张青没有拔出木筷，只是费力地掰了死去的威廉一颗牙后，和阿萩一起离开了威廉的房间。

什么本子了、标本了，根本没有人在意。

六

只是第二天去利福堂的火车站，没有看到那列蒸汽火车停靠在站，这把张青急得呱呱乱叫起来。被张青一吵，守门人同样冒起火来，大骂着张青痴根,就把他和阿萩一同往外推,推了出去以后,才狠狠地说了一句"痴根不会看黑烟再来吗!""砰"的一声把门关上,再不搭理。

张青的脾气有这么急躁的吗?阿萩当然不了解这个刚刚认识仅四天的杀手,但从常理推断,一个杀手应该具有狩猎的耐性和定力才对,可是看着吃了自家堂会闭门羹的张青,已然感受不到一丁点儿的冷峻犀利……

从利福堂出来后的张青,似乎也不太对劲。说是没能立刻结了钱有些恍惚没错,但眼神里还带有一丝只有在桥上棚屋里见过那样与世隔绝的专注。

他似乎昨天从威廉那里回去,就一直若有所思,晚上也没有做什么稀奇古怪的木雕,只是坐在木台旁发呆。他到底在做什么打算?阿萩着实摸不透他。

正在阿萩皱着眉头琢磨张青时,张青把手伸到怀里,不是抽木筷,而是掏出前两天用水手牙齿换来的银两,颠了颠,盘算了盘算,说了一声"走",便拉起阿萩朝着省城方向走去。

要去哪里……

随即,白日里依旧嘈杂的濠畔街出现在了前方。张青没有走濠畔街的主干道,而是直接进了支巷。支巷比杀掉水手的巷子要明亮一些,并且很容易看到尽头,在尽头是一座不知道供的是妈祖还是关公的破庙。有庙便有市,看着破庙的院子里全是地摊儿,阿萩终于觉得符合了张青的身份。

张青直奔一个摊位而去,看来是熟家。那个摊位的老板身后叠着几根圆木,张青走过去也没和老板打招呼就开始一根一根地看圆木。看了又看之后,和老板说起了话。略远的阿萩听不到老板说什么,只见他是连连摇

头。倒是能听到张青的声音，说着什么"还要等村子拆了才能到？老子等不及"之类，最终在连篇废话中，还是恶狠狠地把前两天才赚来的碎银子和铜板全丢给了那个老板。出了庙门，叫了两个拉车的苦力，过来搬了摊位上四根粗大的圆木，吆喝着就走了。

四根圆木搬回桥上，阿荻甚至担心会不会把那个颤颤巍巍悬空的棚屋给压塌。倒是张青很清楚自己棚屋的承重能力，把木台子搬了出来，而不是把圆木塞进去，到了棚屋旁边的苇席底下做起工来。

他到底要做什么？阿荻不禁有些期待起来。

可惜第一天的工程，只是张青不知从哪里弄来了一把锯子，将四根圆木中的两根分割成了大大小小、乱七八糟满地的木块而收场。紧随的第二天，如同功课一样，先跑去闹一遍利福堂守门人，便立即跑回来继续一头扎进木料中，开始拿着那些木块又削又雕又刻，干劲十足。

这个时候，阿荻才想起来，在张青做完那个插有弟弟那枚银元的孔明锁之后，说过自己还有比孔明锁更有趣的想法，大概现在做的这个就是早有的那个更有趣的想法？只是不知道能将其实现的，是因为自己那天的冷嘲热讽，还是受了说话多少有一定感染力的威廉的影响，毕竟他的些许变化都是发生在杀了威廉之后。

终于，在第四天看出了那些被分割出来的小木块要做什么的些许端倪。

一觉醒来的阿荻，看到在棚屋外的苇席下，已经摆了一地基本成型的木雕作品，如果那些能称之为木雕的话，因为谁会用木头雕一大堆看上去像洋人工厂才用得上的机械零件……特别是雕出了大大小小、样式各不相同，用处当然也不会一样的木头齿轮出来。同时，也在这一天，张青例行公事地再去利福堂，远远就看到了黑烟。

立即冲进了车站里，果然看到了那列蒸汽火车停靠在站，三节车厢以及满满三车皮的货物拖在乌黑笨重的蒸汽机头后面。蒸汽机头正在缓缓地熄火，冒着黑烟和多余的蒸汽，把整个月台弄得迷雾重重并且呛鼻。

"没有那么多人需要处理。"正在咳嗽的洋参佬，一边给了张青处理掉威廉的钱，一边既无奈又嫌恶地说，"你小子把利福堂当成什么了。"

张青却是一副不吃这一套的表情，只是把阿萩往旁边拉了拉，怕洋参佬的凶恶眼神吓到她。

"不要太自以为是。你以为自己在堂会里举足轻重了是吧？"洋参佬像是要开始教育晚辈，"我们利福堂是为百姓……"

"得了吧。"张青摆了摆手，一脸不屑，"我什么都不干当然没问题，你直接给我钱，我绝对没有异议。"

"呸！"

洋参佬用了全身的力气去啐张青，震得他那个挡在车厢中间可笑的汶汤铺子都抖下了不少的灰。不过，洋参佬并没有再多啰嗦，而是又一次费力弯下腰，叹了口气，翻出一张纸来。

"照你这样蛮干，广州城都能叫你杀光了。"

"没那么多木头。"

"别跟老夫耍嘴皮子功夫。拿去吧，不在城里，往三水那边去，左近没有村子，但目标照样很容易就瞅见。"

张青看了看纸上所画，是一座碉楼。如果地图足够准确，确实很容易就能找到。那座碉楼周遭没有山丘,只有一条经过的河流以及或是田地或是荒地的平原。

"过两天这列车还会往三水那边开,到时候送你过去。"

"嚯!大可不必。你这车臭气熏天,谁会要坐。而且,"张青用下巴往前指指,"更没有人想和那个连太阳都不想见的老头儿一起坐车。"

"你小子多少学学如何放尊重些的说话态度吧。"

"其实我不明白,堂堂利福堂的一堂之主,昔日十三行里数得上的人物,他怎么老了能和你这个卖洋参的老头儿混在一起,还甘愿住到这么一列丑得要命的铁家伙里不出去?"

"少在这里废话连篇了!"洋参佬及时把张青打住,"那个碉楼是一个人贩子窝点,专门骗中国人往南美洲秘鲁国去,统统运到一个个荒岛上挖鸟粪。没一个能活着离开荒岛的猪仔。除掉他们的头目就可以,树倒猢狲散了。"

"嚯!"张青再次赞叹出声,"这一次怎么这么大义?怕不会也是挡了咱们什么生意?"

"你积点儿口德吧!立刻给老夫背诵堂规。"

一听要背堂规,张青就像见了私塾老师的孩子一样,拉着阿荻就跑。坐在汶汤铺子里面的洋参佬当然不会去追,只是转身把车窗打开,朝着烟雾缭绕的月台喊道:"你小子应该知道分寸吧!"

洋参佬叹着气,迟迟没有等到回音。

早已跑出利福堂,没悬念地直奔濠畔街那座破庙。用新得的钱,分出一部分来又买了一整根圆木回去。运圆木回去的路上,张青似乎还沉浸在

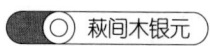

像小孩买了心爱的玩具一样的快乐情绪之中，看着那根木头都高兴地哼起了小曲儿。哼着哼着，忽然拉住阿萩，说："喂！你说我干脆做一个海天一春出来好不好！"

阿萩一脸茫然，根本不知道该如何回复他……她连他现在在做什么都还没猜出来，想到这里，自己都有点儿气了。

比起之前，张青忽然不再那么急躁，甚至让阿萩以为他忘记了自己还接了新的任务，那个被他说是有大义的任务。每日的张青不再出门，只要太阳升起，他就会起床跑到外面的苇席底下，做上一整天。偶尔也发呆，像是在构思什么，不过，再没出现过第一夜时见到的那个半途而废的木雕师张青，这次的构思似乎十分成型。

做一个海天一春出来。只是这句话一直在阿萩那里萦绕于心……

就这样又连续做了五天的工，棚屋外面的苇席下多少看出是基本完工的样子。之前就见过的大大小小的木雕组件，有榫卯也有各种齿轮，同时，还摆放了长长短短的木板，甚至四个木轮。

阿萩趴在棚屋里，透过木缝看着。看见张青同样欣赏了一遍满地的成果，随即准备开始组装这些奇怪的东西。太过好奇张青到底能做出一个什么东西来，然而又不能让他看出自己的渴望，不然绝对会被当作小孩子那样嘲笑。阿萩就只好坐在自己的床铺上，卖力听着外面组装的张青的一举一动。

终于一点儿声音都听不到了的时候，阿萩还是忍不了那份好奇，跑出棚屋。

一个和自己身高相差不多的木箱。

张青就站在木箱旁边，终究又露出了他那副得意洋洋的嘴脸。阿萩顾不上去说几句噎他的话，直接走到木箱前面去看。木箱下面有踮脚，像个高脚的柜子，阿萩走近之后，直接打开了双开的木门，里面的样子尽现。

原来是五层楼样子的剖面，而且这个木箱子的底层是船型的，和海天一春一模一样，如果放到水里，就是一个水上楼阁的木雕模型。唯独不太一样的是，在船的底层，还有车一样的四轮，如同制作者，也就是张青，十分在意这个船型楼阁一样的作品该如何一个人移动它一样。

这就是他说要做一个海天一春的结果？倒是……看上去有点儿意思，虽然并非是因为海天一春。

这个海天一春木箱中，每一层的楼板并非水平，而是各有一定的坡度，并且每一层的楼板中间还有不规律的开口，开口与下一层楼板之间有小巧的梯子连接。在木箱的最顶端，有一根细细的旗杆立在左右都有梯子的加层楼层上，显然是放在最底层的那个小木头人该去的终点。

稍微垫脚看一看，又发现更惊讶的存在：无论是在木箱内楼层的最底层还是每一层的楼板上，都暗藏了环环相扣的木头齿轮，以及每一个小梯子其实都只是木齿轮并列下来的齿牙样子。

整个木箱看上去精巧得就如洋人用的钟表内部。

"真的是你想出来的？"阿萩不由得惊叹地问道。

张青并未直接回答，意思先玩一玩再说判断。而在木门里，阿萩双手最舒服的位置，有左右两个圆盘旋柄。阿萩情不自禁，已经双手各握一个，准备玩起来。

"稍等。"张青转到木箱后面，拿出了一包手削的圆滚滚的木球，捏了一个在手里。

阿萩双手各旋转了一下旋柄,就明白了左边的是控制横向移动的齿轮,而右边的控制纵向移动的梯子状的齿轮。这个时候,阿萩还发现左手边旋柄旁边还有一根把手,可以左右两档推动:向左推,齿轮就推小木人向左移动;向右则向右。

见阿萩很快就搞明白了自己做的木箱的基本操作方法,张青相当满意,并坏笑了一下才说:"开始吧。"

阿萩只是刚刚转动了一下左手的旋柄,让小木人向左走动了一点点,就听"嗒嗒嗒"的声音从木箱左上角响起。她立刻去看,原来是张青刚刚拿着的那个木球,从左上角的洞口丢进了木箱里,木球在布满齿轮的斜坡楼层里迅速向一层滚落下来。阿萩立刻转动旋柄,让小木人走起来,但她多少还没对这个木箱足够熟悉,眼看着木球滚到了小木人面前,"啪"的一声将它击倒。倒下的小木人和木球一同无法操控地向木箱右下角滚去,落入箱外脚边的袋子里。

见小木人落袋,张青开心地笑了起来,笑得就像恶作剧得逞的小孩子。阿萩有点儿气地抬头看他,他真的是那个昨天还在无情地用木筷杀人的杀手?恍惚间,阿萩终究不服气地又要挑战,把小木人从袋子里掏出,放到初始处,让张青再次开始。

由于每一层的斜坡都有联排齿轮,非常不平整,因此当木球滚在上面会有意想不到的弹跳出现,木球很有可能跳过最近的斜坡缝隙从下一个缝隙滚落到下一层。也就是说,原本预想的路线,可能会让小木人背面受敌无法应对。

大概正是这种无法预测,平添了不少木箱的娱乐性。

她盯着每一颗滚落下来的木球,当它跳过某一个缝隙后,她就会把小木人挪到那边的下面,等待下一次的跳跃或者木球的下落,好确定接下来移动小木人的位置。同时只要有足够的时间,比如木球跳到了最远端的上上层,那么阿萩就会抓紧时间让小木人爬上一层,随后再伺机而动。

这样一个游戏箱子,不只是考验游玩者的观察力,还需眼手配合的能力。不过,阿萩只是又失败了三次,就基本把游戏箱子的玩法都掌握了。在下一次的挑战中,即便张青使坏一样地每隔一会儿就丢一个木球下去,阿萩操作的小木人还是如同灵活的小兔子一样,轻松闪过了每一次木球的围追堵截,最终登上了终点的加层平台。

只要小木人登上加层平台两边的齿轮梯子,滚动的木球就再无计可施,只能眼睁睁看着它登顶。张青看到,便收手不再往木箱里丢木球了,单肘支在木箱上,吹了一声口哨,笑得比终于挑战成功的阿萩还要开心。

小木人已经登顶,再扭半圈左手旋柄就可以最终达成,但阿萩忽然停住。挑战的过程太过有趣,让阿萩全神贯注只为了这一时刻,而即将最终成功时,她才重新想到一些游戏箱子背后的事情,张青的这个游戏箱子确实好玩。实话说,如果这东西放到庙会上摆个摊位,绝对比什么西洋镜之流赚得多的多了。不过,她只是想了一想,这些话她统统都咽了下去,左手旋柄果断地再旋转了半圈,在联排的木齿轮整体咔哒咔哒的响声中,小木人将那根细旗杆碰倒了。

随着旗杆被碰倒,木箱顶的一个木片联动划开,此时才注意到那里有一个小抽屉。阿萩伸手把它打开，里面摆着……

"奖励哦。"张青好像最终就是等待这一时刻一样。

竟又是一枚银元，不，更准确地说，是一枚手雕出来的木银元。

正面龙头，背面"光绪元宝"字样的木雕银元。而木银元上还雕了一些划痕和边角的破损，和……弟弟的那枚银元一模一样。

阿萩立刻去摸自己的银元，还在怀里，才松下一口气。

他，竟能看一次就记住了那么多细节。阿萩默默地觉得这个杀手有些了不起了。

七

"好玩是真的好玩，"就算再不想承认，张青所做的船型游戏箱子依旧是阿萩所玩过最好玩的东西，但她同样还是忍不住要说出自己全部的感受，"但我认为这个箱子缺少了一点儿你之前给我玩的孔明锁的灵气。"

"嚯！"张青发出了一声惊叹。他已然和阿萩没日没夜地玩这个船型游戏箱子足足有三天时间，此时他只是在用一些木料的边角料做着箱子有可能用得上的补充组件。

这些天来，无论对于阿萩也好，还是张青也罢，都可以说是沉迷于在游戏箱子上的对弈和互相挑战难以自拔了。谁还想得起本来想要去做的

事情?

"你忘了我跟那个叫威廉的英国佬说过什么了吗?两个人才能玩的游戏,只会越玩越觉得孤独的。"阿萩学着张青往下投木球的样子,几天来他们两人一直在玩游戏箱子,张青甚至发明了更多种投放木球节奏的新难度。

"说得挺容易嘛。"张青手上的雕刀没有停过。

"试试在落球口加一个发条装置?"

"不要,木工不加铁器。"

……

阿萩皱着眉又看了看让自己沉迷好几天的游戏箱子,忽然灵机一动地说:"加一个风车。"

"嗯?"听到新的提议,张青饶有兴趣地想听下文。

阿萩坐正了,开始讲她以前看过的报纸内容。那上面说只要做出锥形桶,两边开口,小口一边就会有微风吹出;再在小口前放一个风车,借微风就可以有动力;有动力就可以用八音盒那样的滚轮拨动木球滚落;滚轮可以更换,每个滚轮都可以设计不同的落球规律。

"这样岂不是一个人也能一直玩下去了?"

"可行,有趣!"听得入神的张青,拍着手称赞后,立即跳起一样跑出了棚屋,一溜烟没了影。

留在棚屋里的阿萩自然知道他跑走又去买木料了。

果然是一丁点儿杀手的冷静都没有。阿萩想着干脆出去透透气等张青回来算了,便下了桥。这座桥,实际上自从来了到现在还从没好好看过,

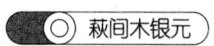

站到岸边反倒忽然有了想好好端详一下这座奇异的建筑的兴致,如果破破烂烂肮脏霉臭的棚户群算得上是建筑的话。

阿萩满眼新奇地站在岸边东看西看,随即才发现,原来架在桥墩上的支撑柱,每一根抵在棚房底下的柱墩全都有雕花。太远的看不太清,但照样能看到并不是圆滑的墩子,所以……阿萩望了望张青所住的那间悬空在桥墩上的棚房,才意识到自己确实从来没有问过他在这里住了多久,这里又存在了多久……

不得不再度赞叹张青的手速,或者说他做什么都似乎在争分夺秒,仅仅只过了两天时间,阿萩所描述的设备全部被他用木头做了出来:可以吹出自然风的木锥桶、薄得透光的风车木扇叶、五个规律不同的落球滚轮,统统做好,组装到了游戏箱子左上角的落球孔。

这时已经深夜,组装好之后也没什么光线可以去玩,张青和阿萩干脆先睡到天亮再说。

清晨的鸟刚刚有了动静,等不及想第一时间玩新的游戏箱子的阿萩就从床铺上跳了起来。结果她惊异地发现张青已经不在棚屋,立刻又跑到外面去看,整座桥都还没醒过来,只有棚屋外面苇席下,那台重新改造过的游戏箱子,静默孤立,迎接朝阳。

看着孤零零的游戏箱子,回想起半个月来自己和张青经历了太多愉快时光,而这些回忆恐怕最终都集中到了这个好玩的箱子里。在这些回忆里甚至都有了些许的认可于他,发现这一点时,阿萩只能在改造后的船型游戏箱子前,默默地低下了头。

张青所真正在意的恐怕只有这些,大概此时已经回不了头了。

此时的张青,当然是去那个碉楼完成任务了。他从来没有忘,只是想在去之前先把想做的事情都完成,毕竟除了他自己没有人能完成那个游戏箱子。去碉楼,他是不可能带着阿荻一起的,目标不用去实地考察就知道会有多危险,碉楼这种建筑本身就是为了防御外侵才产生的。带着阿荻很可能会成了累赘,更何况,万一自己失手,阿荻落入那群人贩子手中,更是前途无望,没必要害她到如此地步。

虽然他说过成为搭档,又没有真的承诺什么。

张青搭了一艘小船往地图所指的方向去,为了这次任务在去的路上足足准备了十根木筷,也就是他所能装下的极限数量。

碉楼即在河边不远,正如地图所绘,四周都是平原,灰色的五层碉楼生硬地在那里矗立。远远地就能看到碉楼外有守卫把守,而碉楼四周都没有什么遮掩,看来选址正是为了这一层防御考虑。

或许应该等到天黑以后再动手,然而没准晚上会点起火把,照样没有死角。张青是这样跟自己解释为什么偏要现在就去。但实际上他也清楚内心是怎么想的,不能等到晚上,因为阿荻还被一个人留在棚屋。她醒来以后看到张青不在,以她那么聪明的小脑袋瓜,一定会第一时间明白张青干什么去了,如果到了晚上他还不回去,那个小女孩绝对会不安到暴跳,或者说,如果只是发脾气倒也还好,更怕的是她会自己跑来找,那样无论找得到找不到都是张青最怕见到的结局。

此时的张青已然走到了碉楼的入口前,两个守卫满脸横肉地将他拦住,情理之中。张青想过很多种接近的办法,扮成饿慌了的乞丐爬过去,扮成谈买卖的人贩子趾高气扬地走过去,扮成……结果他只是扮成了自己，捋了一下眉毛，直接走入了守卫的视线。

守卫自然警觉，远远地就想喝止张青。张青没有停步，以不会刺激他们抽刀的最快步速前进，几乎等于在他人目光下隐蔽自己。就在守卫发觉这个威胁已经靠近，为时已晚，张青的第一根木筷握在手中，进入射程，立即飞射而出，不偏不倚地刺穿了左手边守卫的咽喉。没等另一个活着的守卫发出惊叫或者真的去抽刀，他就已经发觉自己背后有什么人爬了上来。张青绕到守卫背后，双手搭上他的肩膀，趁守卫一颤，右手绕他颈前搭在左肩，左手从他颈后穿过搭上右肩，下巴在左手小手臂上向前一推，守卫没有机会挣扎，已然断气。

张青附身去看方才死掉的守卫，抽了抽刺穿咽喉的木筷，因为是射出的，刺入位置并不理想，卡在了咽喉和颈椎骨之间。无奈只好放弃，用剩下的九根木筷进了碉楼。

转瞬之间已然是夕阳西下，张青拖着疲惫的身体终于从碉楼出来。

他的双手双脚全在颤抖，九根木筷肯定是不够用了。掰成两根去用，都远远不够。幸好这些人贩子都是些乌合之众，就算现场踢断一根椅子腿，用刀削上几下，有一个比较尖锐的头，就足可以解决掉一个扑上来的打手。当然，最值得庆幸的是，他们的头目没有跑掉，自己爬到了碉楼顶上，最终没有再浪费什么精力，那家伙直接跳了碉楼，摔死在门前。

原来还可以活着出来……

也或许是最近以来太习惯带着阿萩伪装，可以不用正面打斗就干掉目标，所以忘了以前的自己都是怎样度过的了。张青坐到摔得变形的人贩子头目尸体旁边，深呼吸了很久，才掰开他的嘴，取了一颗已经摔掉了的

牙，包到浸透血的纸里。

不过，拿了牙齿后，张青没有立即离开，又回到了碉楼，把那里重新翻了个遍，却只是放掉了全部恐怕会死在去南美洲的轮船上的"猪仔"，没有，也不可能找到自己想找的，才默默离开。

回去的路挺远，不过张青还有些余钱，走了一段路，在来时就记住的村子里叫了一辆马车，用一身的血吓着车夫带自己回了省城。

远远地终于又看到了那条黑黢黢却没什么水流的河，总算回来了。坐在马车上，张青多少休息回来不少体力，而此时他更在意的是该如何向阿萩解释。一身的血迹，确实无法隐瞒，大概要费上不少口舌，但终究又可以赚到钱，而且这种外出任务，又是这种黑暗面的目标，按规矩价格要高上不少，总能说服阿萩吧，毕竟自己是出于保护她的心。

张青把自己放空下来，直到……他看到那座桥。

"丢！"张青骤然大骂，直接跳下了马车，冲向他居住多年的桥。

面前景象无法让人冷静。

在银色的月光下，昔日的居所，竟只剩一片废墟。

四座千疮百孔的桥墩还在绵延河水中，原来的棚户，桥墩上的悬空棚房也好，搭在桥上的木板和苇席也罢，全都被砸了个稀烂，残破的棚房一处一处在河里被溪流冲刷。

顾不上一身的疲惫，张青跳下了河水直奔自己棚屋的桥墩下面。

因为他的棚屋是迎着水流的一面，所以在桥墩的阻挡下，多少还留下了些东西。除了被砸得破烂的木板，还有不少他雕的半废木雕。木雕三两一堆地在河流和桥墩间颤抖，有的还当着他的面，忽而像是摆脱了什么束缚一样，没有告别，悄悄沿着桥墩的边溜走，顺流而下。

张青仔细看了一下在水流中抖动的木雕，没有看到一块木齿轮之类的元件，不禁皱了皱眉头，随即暴跳一样地一边骂着一边没得救了地踢上一脚，把它们全都踢开。木雕们借力逃离了桥墩的阻碍，蜂拥向下游而去，不再留恋。

"阿萩……"张青忽然嘀咕起来，就像在河里能找到阿萩一样，翻起被桥墩卡住的破烂木板。当然，没翻几下，张青就知道这样的行为完全是无意义地浪费自己的体力，从而冷静下来，收了脾气拖着湿漉漉的双脚上了岸。

岸边并没有人，看来那些和自己一起住了多年的老街坊们已经被赶走或者吓跑了。方才在河里时，同样没看到他们那些穷酸可怜的财产，希望是及时拿走没有太多损失吧。可是人都跑光了，能找谁问到底怎么回事。

张青从没吃过这样的哑巴亏，越是这样想，他就越是生气。站到岸边对着空气大骂起来，什么一个铜子都没给老子留下之类，聊以发泄。骂着骂着，他忽然瞥见一个身影，一个超出他预料的身影。身影正躲在树林的月光阴影里，暗戳戳地想向张青靠近。

那个身影相当粗壮，却在发觉张青看到自己时，像老鼠一样猥琐地缩着腰后退。张青没有急于去追，更多是一阵疑惑。这个壮汉……不就是海天一春的一个保镖吗？

确实就是！

张青终于确定之后，才一个箭步向那家伙冲去。方才还是探着步后退，见到张青冲来立即转身就跑。他一转身，张青倒是乐了。已经没有一

根木筷在手的张青，原本还在担心和一个身材如此硕壮的家伙正面冲突会十分难搞，现在好了，他把后背完全暴露，刚才仅存的一点点气势也已彻底泄完，无须再费什么力气，追上即可拿住。

"不用再有那么多废话了吧。"

张青坐在那个壮汉保镖身边，正在用刀削一根木棍。壮汉保镖被他自己的衣服绑在地上，斜着头想做出硬汉决绝的表情，却只能看到眼皮在不停地颤抖。

壮汉保镖用力地摇头，像是在死命否认所有张青想要问的话。

"看来你一点儿都摸不到门路嘛。让你自己交代，你一点儿都不想。那这样你看行不行，只能我来提问，你回答了。"张青削好一根木筷出来，在壮汉保镖面前晃了晃，"不过，我提问是要靠这个的。问一个问题，就插一根给你。当然了，我会一根一根削，我削木头的速度还可以，每个问题之间，就给你一点点休息的时间吧。"

壮汉保镖继续用力摇头，但还是咬着嘴不肯说。

"噢，看来你的雇主真的很可怕啊。"张青手一转，木筷直刺壮汉保镖的左脚，刺穿左脚脚背的骨头，钉在了地上。

壮汉保镖一声惨叫。

"我还没问呢，你省着点儿力气不好吗？所以，雇主是谁？"张青只是说着话，谁也没注意，他已经又削好一根木筷，瞬间已经又紧挨着刚才那根刺进了壮汉保镖的左脚，"哦，不好意思，我削得太快了？算我奉送，你回答前面一个问题就行。"

"我……"壮汉保镖喘着粗气，汗珠啪嗒啪嗒地往地上落，根本说不出话的同时，张青再次在他的左脚上刺进了第三根木筷。

壮汉保镖的惨叫声划破整个夜空。

"啊！海天一春！"

"不可能！绝对有其他人，你们海天一春不可能把你吓到这种地步。"

第四根。

"啊！是真的！我们阿春姐叫我们来拿人……"

"拿人？什么意思？"

第五根。

"拿那个……呼！小女孩。"

第六根。

"求你不要再……我都说！我的脚！！阿春姐说拿了小女孩，换了钱弥补之前……之前的损……啊！"

第七根。

"换钱？找谁换钱？小女孩直接送到你们那里做雏妓不就行了，换钱，你看看你，说出了不得了的事吧，老子刚才都差点儿信了。"

第八根。

"不要再……"壮汉保镖已经疼得喘不上气，又不敢再停，立刻续上说，"利福堂！去利福堂换钱！"

第九根。

"别贼喊捉贼了！全广东的人都知道只有你们利福堂倒卖小孩做得最大！"

第十根。

"你再不去,那个小女孩肯定就已经被卖到不知什么地方去了!"

第十一根。

"我说!我晚上只是被派来看看能不能……"

壮汉保镖还没有说完,张青又削好一根木筷,刺进了他的右脚。同时,没有再发问,只是狠狠地盯着他,像是在确认,或者已经确认完毕。壮汉保镖已然喊不出声,甚至开始求他赶紧杀了自己,自己已经是废人了,不想再受这样的痛苦。只是张青继续狠狠地盯着他,让他都不知是为了什么,同时自己的右脚也接二连三被一根一根的木筷刺穿。

"你是在……泄愤!"

张青依旧没有言语,只是在机械一样地削木筷并刺进壮汉保镖身上的随便任何位置,直至他终于如愿以偿地断了气,张青依然还在削木筷,刺进他的尸体。

八

根本没有再准备木筷,把尸体上能用的木筷抽出了十根后,张青就脚步不停地到了利福堂的火车站。或许是值得庆幸的事,凌晨的时间,还不至于有人从梦中惊醒来交代大门守卫。张青敲了门,被搅了美梦的守卫快

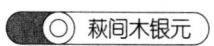

要气疯了，但还是给自家养的杀手开了门。

假若守卫没有想破口大骂，也许张青不会出手，而此时，他刚刚张嘴已然被绕到背后的张青给勒死了。

蒸汽火车停靠在站台。看来那个海天一春的保镖没有撒谎，毕竟人在将死之时，都想说出些实话满足灵魂。几天前运来的货，现在已经都卸空了。也就是说，这列车随时会走，只是在等待什么？等待的是……

曾经异常熟悉的地方，此时张青却根本不知道该去哪里，只有先去找洋参佬问个清楚。凌晨最妙的就是没有人是醒的，即便是蒸汽火车的三节车厢，同样熄着灯，唯独车头的粗大烟囱里正冒着黑烟，是蒸汽机的锅炉在预热吧。

张青就像往常一样，走进了第三节车厢。

"坐吧。"

即便没点灯，原来那个胖老头子还是醒着，在他的汶汤铺子后面，面带微笑地要张青坐下。

是在等自己？张青坐到了日常最常坐的位置，旁边曾经坐过三次阿萩。

"辛苦了，先喝一碗汤吧。"洋参佬说着，已经为张青盛了一碗汤，摆到了他的面前。

此时，清晨的阳光不期而至，唐突地让车厢里有了光线，甚至照亮了车厢外车站里的角角落落。

张青没有去拿汤，而是从怀里摸出了一把牙齿，拍在了汶汤铺的桌子上，弄得桌子上脏兮兮的全是血迹。

然而洋参佬没有再嫌弃脏不脏的事，而是借着朝阳向车厢外看了看，缓缓地问："老夫的眼睛不大好了，外面的守卫他怎么样了？"

张青哼了一声没有回答。

"哦，死了？"

张青依然只是哼了一声，直接转移了话题："你就是等老子去碉楼肯定赶不及回来才动手？"

"还是再劝你一句，说话要放尊重些。"洋参佬不紧不慢地也给自己盛了一碗汤，"老夫说话从来不兜圈子，你是老夫从小带大的一条狗而已，想拿你，需要这么大费周折？"

"呵！拿我？不是盯着阿荻？"

张青说到这，洋参佬也跟着微微皱了一下眉。整节车厢颤抖起来，看来车头的锅炉预热完毕，蒸汽机开始试启动了。

"老头子，前几天你还要老子背堂规，今天你就……"

"老夫只是做洋参生意的。"洋参佬打断了张青的话。

"你什么意思？"

"去问堂主吧，你不是一直很想见见他。"

有这辆列车以来，张青就从未见过，这个塞在车厢里的汶汤铺子打开过一道口可以通行过去的。洋参佬已经站起身来，扶着那块竖着放的木板，说："老夫的腰不好了，不要让老夫站太久。"

见洋参佬要自己去找堂主，不屑地说了一声"犬儒"，就从洋参佬肥胖的身体边擦过。

"犬儿会说有学问的话了。"洋参佬一脸满足地看着张青穿过自己这节车厢。

下一节车厢，张青从来没有进去过，就算从外面还是从洋参佬的背后看，都会被帘子所遮挡。所以穿过那道看了无数遍的门帘后，眼前是全新的场景。全新到张青为之愣了一下。

毕竟是通往堂主车厢的车厢，以前想象中会是和洋参佬那一节相似，浮夸得让人看着就眼睛疼，即使不那么浮夸，左右两侧摆放一些红木椅子，有个候客厅该有的样子。而这里，可以说是空空如也。空到连车厢铁皮的本来颜色都完全裸露在外，甚至看到了些许因为没有刷油漆所致的锈痕。

车厢的尽头，仍有门帘。

张青不屑于这种故弄玄虚一样的空白车厢，直接向最深处走去。与此同时，似乎脚下晃了晃，列车已经启动。张青为了确认车是不是动了，便往车窗外看了一眼，月台果然在缓缓后移，以及他惊讶地看到……是阿萩？！站在月台上？！

列车前进非常缓慢，张青立即趴到了车窗边，正看到月台上的阿萩瞪圆了双眼盯着自己。她身上，没有明显的伤，所以没有遭受什么强制行为，况且她身边也没有任何其他人，没有被禁锢，所以她消失掉，此时又独自一人出现在这里……

"张青。"在张青过来的那边车厢门，传来洋参佬的声音，"这个名字不错。"

洋参佬已经进到这里，巨大的身躯即便衰老在狭窄空无的空间里还是给人以极大的压迫感。

这个名字,只有阿荻知道……张青把一天以来所有的事情重新回想了一遍,突然全都连上了,也突然笑了。

肯定看到张青的笑,阿荻依然没有表情,看不出她到底在想什么。

"老头儿,一个小孩可以卖多少钱?"

"一个小孩一元钱,银元,不分男女。"洋参佬直言不讳。

"原来全都连上了……"张青又看了看外面,同时抽出一根木筷,又抽出一把雕刀,在木筷上飞快地刻了几下,一抖手,木筷刺穿玻璃窗飞出,没能插入月台的地板,落在了阿荻身边。

洋参佬不动声色地看着张青。

张青愣了片刻,又想了想,再抽出一根木筷迅速刻了几下,又丢了出去,才收了雕刀,转向洋参佬。

"那个老头子把她弟弟给卖了。"张青一脸讥笑地指了指最深处的车厢,"苟利国家生死以的利福堂把人家弟弟给卖了,换了一元钱。"

"哦,原来是要给她弟弟报仇?"

"报仇?老子不懂这个。你们能随意卖了别的小孩,那我弟弟……"

"你弟弟?老夫捡你回来以后,从未亏欠过你。"

蒸汽机头已经拖着整趟列车驶出了车站。

"好!那些不提,老子也没心思和你扯皮,老子只是专门为利福堂清理障碍和肃清堂内的人。"

洋参佬意味深长地"哦"了一声。

"呵,我都走到这一节车厢了,又揭穿了那个老头儿,还能大摇大摆活着出去?"张青看了看最深处那节车厢。

"张青，你是老夫捡来的孩子里最喜欢的一个。下手从不带感情，就跟车头的蒸汽机一样，只知道往前跑就够了，所以，你自己进去看看就知道了。"

最前面一节车厢，空得更为彻底，锈迹更为斑驳。全然不出此时的张青的预料了。

在回响着隆隆声的空车厢里，张青倒是冷静下来，回身和跟进来的洋参佬说："所以，拐卖小孩也是你在做？"

"利福堂已经完蛋了。"

洋参佬缓缓地站到了张青的身边。张青却在观察车厢里的样子，正面再没门帘，铁皮墙中间有曾经放过椅子的痕迹，椅子正上方的痕迹恐怕就是曾经利福堂匾额留下的，而匾额两侧还有些许痕迹，大概是当年挂了很久堂会诗的地方。

"什么时候的事？"

"你是问堂主还是……"

"算了，都无所谓了。"

"是的，都过去了……"

洋参佬还没说完，张青突然抽出一根木筷刺向了他。出手之出其不意，甚至超出了以往所有任务，然而，洋参佬却只是大喝一声，单手就在木筷刺来的轨迹中途将它敲断。果然洋参佬早就提防着张青的这一手。

"唉，利福堂已经完蛋了，你这个愣小子怎么就是冥顽不灵。"

张青根本没有回话，又抽出一根带血的木筷，刺了过来。洋参佬直接

将第二根木筷握到了手里，掰断。

"那个小姑娘能骗得过你，还能骗得过老夫？老夫将计就计只是想要你回来，也放了那孩子走。"

洋参佬面带怜悯，同时从侧方握住了第三根刺来的木筷。

"那个小丫头到底跟你说了什么！"洋参佬终于提高了音量。

"自己玩比跟别人玩更有趣。"

第四根木筷也断了。

"不知所云。"洋参佬狠狠地把手里断掉的木筷扔到地上，"你又不是潮汕人，老夫就说不该让你有木雕的爱好，难以理解，更容易被别人抓住耍得团团转。"

"人活着就是……"

"你的功夫一点儿长进都没有。"在洋参佬接住了第五根木筷之后，直接握住了张青的右手，向上一弯，张青的食指和中指连根掰断。张青咬紧了牙没有喊出声，洋参佬只是摇了摇头，继续说，"看来是真没有回头路了。"

列车已然飞驰起来，眼看广州省城的城墙从车窗外划过，沿珠江岸边而走，风景越发凄凉起来。

"第八根了，孩子，老夫知道你最多只能带十根，你已经没有机会了。"洋参佬将手里的木筷以及张青左手食指一同丢到地上，擦着汗亲切地坐到了张青身边，"老夫还是上了年纪，累了累了。"

张青没了反抗的力气，左手食指是被掰断再硬生生扯了下来，血流不止，让他精神都显得有些恍惚而大口喘着粗气。

"何苦呢？连仇家都是莫须有的。"洋参佬语速缓慢，看着空无的车厢。"老夫做了一辈子的西洋参生意。"洋参佬像是要和张青谈心，干脆和张青并排靠在了不仅锈迹斑斑还满是血迹的车厢壁上，"早些年是在十三行里做帮工，后来十三行彻底败了，幸好那时老夫已经接触到十三行老爷们的核心。这条铁路就是老夫说服了利福堂当时的堂主花钱建的。朝廷都没有这个闲钱，也没有这个魄力在广东建铁路。老夫的西洋参都是从贵阳府运来，在贵州贫瘠土地里种出来的参和加拿大国的参，根本没有什么人能分辨得出差别。"

张青只是继续喘着粗气，喘了许久才终于微弱地说："还说什么西洋参。"

"唉，年轻人就是听不懂这些。堂主就还是老一套东西，脑子根本转不过来，人活着不就是为了飞黄腾达？只有赚来的银子才是真的。"

"老子早就猜到这样的结局。"

"老夫一点儿没有期待是这样，毕竟老夫还要花钱清理。不然，臭在这里，影响了老夫的西洋参品质。"洋参佬说着，已经又缓缓地站了起来，面对瘫坐在车窗下的张青，深深扎下一个马步，右手后收，像是张开拉满的弓，"就由老夫送你最后一程吧。"

语毕，如同飞驰的蒸汽机车一样的一拳，正中张青心口。洋参佬的拳，势大力沉，直接击断张青左扇的几乎所有肋骨，肋骨因为拳力向内刺穿了张青的心脏。然而，此时的张青，虽然口吐鲜血，却面带一丝微笑。他的右手同时伸出，大概是借着洋参佬前冲的力量，仅用拇指和小指握紧的一把雕刀，直刺进了洋参佬的身体。

那把雕刀,刀头细长,只要角度正确,刚好可以轻松刺穿洋参佬厚实的肌肉脂肪,从肋骨缝隙穿过,刺入心脏。

这把精准作业的雕刀是,毛尾刀。

九

没有什么新闻,甚至没有什么口耳相传的故事,只是到了该到的时间,那座不明所以的火车站,被其他什么组织也好,财团也罢,占为己有了,才会让人们多少知道大概曾经发生过什么事情。

直到看到这样的改变,阿荻才知道自己所做真的有了想要的结果。如果这是在她计划之初,她恐怕会感觉满足。毕竟想要利用的人,同样是双手沾满鲜血的,不是什么好人,谁死谁活都是罪有应得。然而,此时的她却依然保留着那两根满是血迹并且刻了字的木筷。

那家伙可真是啰嗦,一根木筷都不够说的……

两根木筷上的字,这些时间以来,阿荻一直忍不住会看。一根上刻着"人留下的东西比留下来的人更有意义",看来他竟被那个威廉影响到这么深的地步,而另一根上只刻了两个字"香港"。

每次看到"香港"两个字,阿荻心里都不是滋味,久久不能释怀。哪里来的香港万国博览会,那一角包伦教糕的报纸上只是些止咳散、狗皮膏的广告而已。什么香港也好，万国博览会也罢，全是第一天住进一个陌生杀手的房间，根据现场临时想出来稳住关系的。没想到最后连自己都差点儿忘了原本的计划。本以为"罪有应得"四个字足矣，但在张青自以为是地悄悄去了碉楼之后，她还是先找了苦力将那个游戏箱子推走后，才去的利福堂。

现在的阿萩，又叫了一个苦力推着游戏箱子，小心翼翼地向濠畔街而去。

或许就是因为"香港"二字萦绕于心，在回到家中之后的阿萩，一直有意无意买着报纸查看，终于她看到了濠畔街要举办一次博览会。虽然根本不是什么万国博览会，可以说是远远不及，只不过招了些附近墟市的商贾，搬些自己的滞销商品去碰碰运气卖货。唯独吸引了阿萩注意力的是，广告中说已经招揽了不少洋人商铺直销。能有不少洋人来逛，即便不是万国，大概也能圆了张青的一丁点儿遗愿。

然而到了濠畔街，阿萩才知道自己想得天真了。

濠畔街原本就不宽，此时已经被慕名而来的各家商贾给占得满满当当，别说摆下这个比自己都高一点儿的游戏箱子，就连穿行都有些困难。阿萩只好再叫着苦力，帮忙把游戏箱子推到曾经和张青总会去的破庙集市。果然那里没什么人，依旧只是原先几个破破烂烂的地摊。阿萩让苦力把游戏箱子推到了木料摊位旁边，便叫他走了。

木料摊位老板只是看了一眼，对阿萩也好游戏箱子也好，都没有反应。原来他根本认不出自己卖过的木头。

倒也好吧。阿萩坐到了游戏箱子旁边，让箱子给自己遮了遮阳光，大

概这就是它该有的最终宿命。

就如阿萩所预料一样,热闹都是他人的,那些被广告招商而来的商家卖力地吆喝着,把濠畔街的博览会硬生生变成了集市展销会,只是似乎川流的人群,没谁会对这条小巷感兴趣。

到了深秋季节,即使还是热得要命,在破庙的小空场上多少还是有些微风。微风吹着游戏箱子顶上的小风车,无声地转动起来。其实,那个锥桶到底能不能出风,阿萩根本确定不了,至少现在看来,它还不如广州的秋风来得顺畅。

阿萩有一搭没一搭地想着往事,更多是在无聊地发呆,等待着的是太阳落山后,好心安理得地回去,再不用去想曾经的事情,弟弟可以安息,自己重新生活。然而,没等到太阳落山,先等来了一个意想不到的人。不知是什么吸引了他穿过小巷,探头探脑进了破庙。

"啊!"反倒是那个人看到阿萩,惊讶地叫了一声,随后意识到有些失礼,站正微鞠躬说,"你好,没想到会又见面。"

"你好,你已经会说中文了?"

"还差、很远。"

他的口音确实古古怪怪,但至少能说出些完整的句子。然而,就是他忽然出现在面前,让阿萩更是回想起了很多往事。这个人正是在自理堂威廉的房间里见到的那个日本人。

不过,还没等寒暄,日本人已经把目光完全盯在了游戏箱子上。

"这是……"

"他的作品。"

日本人发出了漫长的一声"哦"。

"要不要试试？"

阿萩一说，日本人已然跃跃欲试。

游戏箱子再次打开，日本人当然又赞叹一番，就跟着阿萩学起了玩法。大概是因为他本来就有日本国纸牌游戏的基础，一学就懂了，随后把小木人摆好，用眼神催着阿萩开始。

"一个人可以玩的游戏。"阿萩把锥桶对准风车，并且装进去一个拨动木球的滚轮盒子，"开始吧。"

日本人目光如炬地盯着箱子里的小木人，随后被接连不断的木球撞翻。撞翻后，他发出了和当时阿萩同样开心的笑声。接下来，是连续的挑战，大概数十次之多，直到天色渐晚，破庙顶上已经一片金红，终于在阿萩换上了最慢的一套滚轮盒子后，日本人所操作的小木人终于登顶。他兴奋地操作着小木人碰了旗杆，旗杆倒下，游戏箱子顶上的小抽屉弹开。

"太精妙了！这才是游戏应该有的！我说的是整个过程，包括这个！"他拿出那枚木银元时，激动得让旁边木料摊主时不时转头来看，无奈地向旁边挪了又挪，"我记住这个了，但是在日本没有那位先生那样的人，在日本做不出来。但是我记住这个了。谢谢，谢谢，女孩子，每一次见到你，我都能有那么多的收获。谢谢。"

在谢声中，日本人终于还是离开了。破庙重归外面嘈杂下的宁静。破庙顶上的金红渐渐也逝去了，阿萩想是时候去叫一个苦力来把游戏箱子推走了。推到何处去呢？却又不得而知。也或许把那枚木银元拿走后，直接

送给旁边的木料摊主好了。毕竟一切都该过去,也算是一种物归原主了,不是吗?

人留下的东西,比留下来的人更有意义。只希望现在所做的一切,算得上是对张青的一丝祭奠,就可以了。

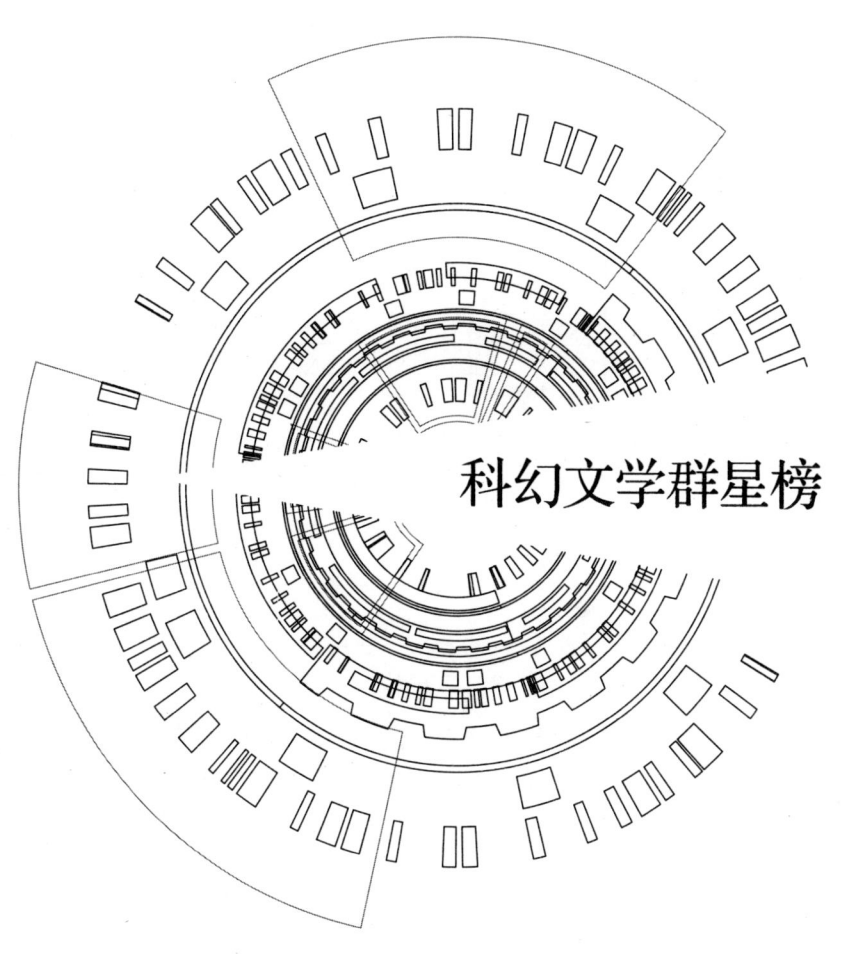

科幻文学群星榜

科幻文学群星榜出版书目

序号	作者	书名
1	郑文光	侏罗纪
2	萧建亨	梦
3	刘兴诗	美洲来的哥伦布
4	童恩正	在时间的铅幕后面
5	张静	K星寻父探险记
6	程嘉梓	古星图之谜
7	金涛	月光岛
8	王晋康	生死之约
9	刘慈欣	纤维
10	潘家铮	子虚峡大坝兴亡记
11	韩松	青春的跌宕
12	星河	白令桥横
13	凌晨	猫
14	何夕	异域
15	杨鹏	校园三剑客
16	杨平	神经冒险
17	刘维佳	使命：拯救人类
18	潘海天	永恒之城
19	拉拉	永不消逝的电波
20	赵海虹	月涌大江流
21	江波	自由战士
22	宝树	人人都爱查尔斯
23	罗隆翔	朕是猫
24	陈楸帆	动物观察者
25	张冉	灰城
26	梁清散	面包我的幸福
27	七月	撬动世界的人于此长眠
28	杨晚晴	天上的风
29	飞氘	讲故事的机器人
30	程婧波	第七种可能
31	万象峰年	点亮时间的人
32	长铗	674号公路
33	迟卉	蛹唱
34	顾适	为了生命的诗与远方
35	陈茜	量产超人
36	刘洋	单孔衍射
37	双翅目	智能的面具
38	石黑曜	仿生屋
39	阿缺	收割童年
40	王诺诺	故乡明
41	孙望路	重燃
42	滕野	回归原点